世紀文庫
文學020

球　謎

張啟疆　著

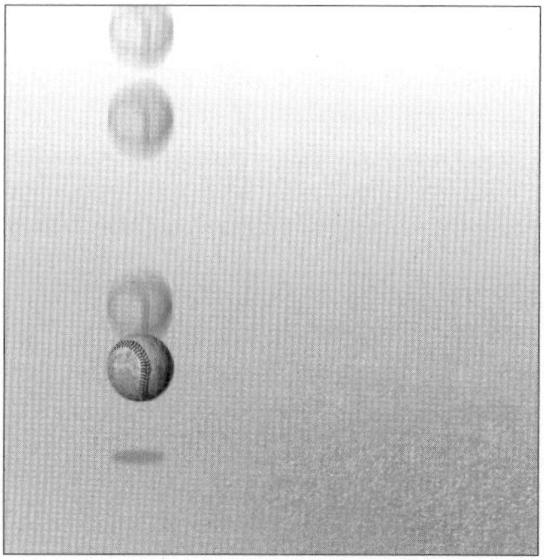

【序】謎，就從傳接球開始

張啟疆

懂門道的球迷，通常不會在比賽開始時「準時進場」，而是提前在熱身階段登上人影稀疏的看台，欣賞球員們的伸展、跑步、閒聊，以及，傳接球。

愛玩球的球癡（像我這類永不言退的身體美學膜拜者），所在意的也非勝負、比數、攻守數字，而是每週一次透過球聚的能量揮灑——奮力揮擊、移位接球、美技回傳……也都是，由看似枯燥的接傳球開始。

傳，接；接，傳。可以獨白：「啊！今天狀況不好。」不妨私語：「嗯？你有些心不在焉。」球評常用「眉來眼去」消遣投捕暗號，「東摳西摸」形容教練手語。殊不知，肉搏出自談笑，熱戰需要前戲；輕描淡寫的動作（在推理小說中叫作「伏筆」）可能暗藏玄機，球季前的春訓，何嘗不是陰謀詭詐的蜜月期。

Cheese 快速球。Curve 大曲球。迷惑對手之前，得先取得同伴的迷戀：默契天成、堅定不悔的守候。就像蝴蝶球投手若少了知心捕手的配合，炫目的球軌將淪為不可收拾的暴投。

不敢相信天作之合，只宜期盼心甘情願的「配合」、不斷修正的「磨合」。翩翩小白球往返踅繞，捎來信息也帶去情意，開展如張臂的手套就是等待的眼神，人我關係的起步。來而不往非禮也。有我無妳非人焉。應對。互動。攻防。離聚。情怎麼投？意如何合？再厲害的高手，也害怕無人匹敵的寂寞吧。就從，一舉手一投足，一笑一顰，一嗔一怒，一剛一柔，一答一問——最基本的接傳球，開始。

台灣的書迷不看（懂？）棒球，球迷也不讀（懂？）文學；居間書寫棒球小說的人，會不會有種兩頭不靠岸的孤單？像熱身階段或燈熄人散的荒涼球場。書寫者也可能反向思考：就用自己的苦心孤詣，搭一座對話互望的橋。兩造或許冷漠，可能好奇，文字美學和人體力學擦身而過（一記華麗的、全場驚豔惋惜的界外全壘打），字符撞擊暗號，意象擁抱意志，擊節暫代擊掌……

讀寫共謀可以是投捕默契。中外野手奔撲翻滾的接傳美技，像不像一首掏心挖肺的撼人情詩？甜甜暖暖酸酸涼涼的詩作無題。

二〇〇八年一月於延壽街

目次

球謎

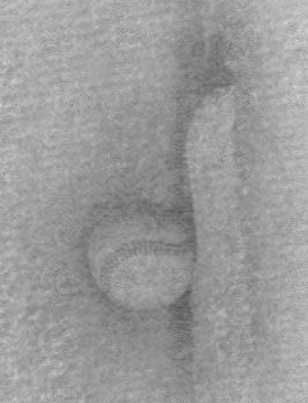

Inning 1

審判日

十二月卅一日

職棒簽賭案判決那天，我在高等法院大門口和幾位新聞同業喝北風聊八卦：「什麼？全部判刑又緩刑？這算什麼？坐活監嗎？」「對職業球員來說，不能上場比賽就已經是無期徒刑。」「聽說還是有一個人獲判無罪，因為查無實證，問題是，其他人的判決是真的有憑有據嗎？」

天寒地凍，刺骨的風從四面撲來。「元旦會更冷，我們會過個5°C的新年。」臨出門前，史伯伯的來電叮嚀。現在可好，衣服穿少了，我們一票菜鳥記者縮手抖腳，吞雲吐霧，等待無聊現實裡隨時迸現的新奇或驚悚。話題轉到近來一連串的炸彈事件，《香蕉報》的小劉說：「什麼白米炸彈客、反台獨炸彈客都是幌子，還有更重大的陰謀等在後面哩。最近有一條被封鎖的消息，一件綁架案，你們聽說過……」

突然傳來的聒噪聲，伴隨著冷空氣裡的一股莫名熱流——一大群人轟轟沸沸湧出法院大門。「請問你們對判決的結果滿意嗎？」「會不會考慮上訴？」「未來的打算如何？會不會重回球場？」

「我們只希望，社會能接受我們，不要再用異樣眼光看待我們。」好像是曾貴章，還是廖敏雄，在媒體的包圍下高聲回答。

「八年了，就算是總統連任也該下台了。這件案子應該塵埃落定了吧！」《T報》的資深記者鄭大哥緩緩走向我們這群小老弟，口裡吐出白霧：「廖敏雄一直在做自主訓練，希望能再揚威球場，可惜……」

「棒球王子」廖敏雄。嗯，我還記得十多年前第一次站在台北棒球場的「場內」觀看象鷹大戰，親眼目睹的「鷹揚」意象。

小劉搖搖頭：「難唷！聽說今天的宣判只是簽賭案三部曲的第一波，還有第二波、第三波行動。你們知道嗎？涉案人員牽連殊廣，許多現今教練級的名將都在調查名單內。去年L球團的救援王凱撒，也名列其中。」

一陣莫名的酸楚，我望著那群神情憔悴的一代好手：腫脹的身軀、隆起的肚腹、微禿的額頂……「是啊！過去的鷹雄，如今只能組一支『禿鷹隊』。」不知是誰接上這句話。

溫熱的觸感自左腕虎丘間傳來。有人輕捏我的手，轉頭一看，竟是白髮蒼蒼、久違的容顏。

「啊！史伯伯，你也在這裡？」

「咦？史隊長，什麼風把你吹來了，又有什麼重大案件發生嗎？」眼尖的小劉立刻湊近我們之間。

史伯伯不吭氣，線條剛硬的臉上有一抹不置可否的詭異。他拉著我走向一旁，直到轉角處才出聲：「小寶，你最近還在和那位e說交談嗎？」

我倒抽一口氣（驚愕裡夾雜著奇妙的罪惡感），像根「傻蘿蔔」（我童年時期的綽號之一）般直覺反問：「您……您怎麼知道的？」

老先生咧嘴笑了，笑得像耐心回答智障兒子無聊問題的父親。他拍撫我的肩膀，低聲說：「不要緊張，從你的反應就可看出那位e說先生或小姐是個神祕人物。我的問法也是多此一舉。你不妨回去檢視你們的交談內容，也許有蛛絲馬跡可循。人命關天，你知道我說的是什麼事？」

點頭。我像是忘記寫作業面對盛怒老師的小學生那樣，重重點了三下頭。

我當然知道「那件事」：新秀投手曾敏疑似遭到綁架的失蹤案。

選秀會剛結束，選中這名狀元級好手的C球團舉辦的簽約記者會上，男主角卻是無故缺席：家裡、宿舍、女朋友住處、國訓中心皆不見蹤影。當時新聞界僅以「惡意的缺席？

選秀狀元情歸何處再生變數」輕描淡寫帶過；再者，這位天生好手的私生活向來可議：雅典奧運國手選拔期間，肩負「本土王牌」（雖然後來的比賽還是靠旅美的曹錦輝、王建民撐場面）的他突然傳出多角畸戀，王姓、陳姓、李姓、張姓等多名女子向某週刊爆料，指曾大投手用情不專，到處玩弄女性，有損棒球的清新形象。該週刊並以三頁篇幅羅列曾大投手在同一日分別約會三位不同對象的照片，激起棒球界巨大波瀾，導致選委會在最後一刻以「私德」為由放棄這名投手。與爆料週刊敵對的《T報》系則在奧運結束後提出「陰謀論」的深度報導：「黑手奪走魔手」、「王牌缺席，導致中華成棒隊無緣奪牌」。該報導以中華成棒隊兵敗雅典奧運（只得到第五名）的結果，反推選拔過程的「疏失」——選委會和媒體輿論遭到有心人士利用，劣幣驅逐良幣，使得「史上最強中華隊」出現破綻，在關鍵之役（指意外輸給義大利隊，以致無法晉級四強那場）缺少關鍵左投壓制對手，落得灰頭土臉，鎩羽而歸。事後棒協檢討會議上，與會委員不是互推責任，就是極力撇清，對於此一非戰之罪的環節，明顯地視而不見。

該報進一步指出「陰謀」的四種可能：

一、妒才。競爭對手或幕後黑手不樂見曾敏經由奧運舞台躍登「本土天王」，運用或製造一連串真假摻半的緋聞事件，「打擊」這位準職棒新秀的身價、形象。

二、報復。被其玩弄過的女人刻意串連，企圖以連環爆的傳媒威力摧毀曾大投手的棒球生涯。

三、賭盤。賽前被寄望「拔銀奪金」的中華成棒隊盤口日漸看漲，日本夢幻隊「將中華隊視為奪金最大障礙」的風聲一出，賭金幾乎一面倒向中華成棒隊，迫使莊家採取「反向放空」的自保措施——曾敏落選，正是釜底抽薪、危樓抽樑之計。

四、統戰。對岸高層成立的對台祕密組織，全方位「唱衰台灣」。在體育方面，為二○○八年北京奧運中國棒球隊排除可能假想敵——「未來東方特快車」曾敏，巧妙利用島內矛盾——商場、情場和賭場的複雜糾葛，串結撒網，多管齊下，逐一拔除未來數年以曾敏為首的台灣棒球好手，最後目標為「掏空」台灣棒運。消息人士指出，許多年輕好手身邊的新歡美色不乏「美女共諜」；雅典奧運金額最龐大的盤口是來自假中部黑道之名的中資。

「呼！說得跟真的一樣。那是真的嗎？」九月初，那篇報導掀起傳媒界一片沸沸揚揚，大家都在茶餘飯後，例行記者會上互相探詢陰謀論的「真實性」。奇怪的是，如此聳動新聞見報後，居然不見他報跟進或駁斥，也不聞相關單位的澄清，連正在力拼過半的藍綠陣營都沒有拿來作文章。那則傳言像墜落湖心的碎石，激起一陣若有似無的漣漪（大概只在我一個人的腦海裡迴盪吧！）後便消逝無痕。根據鄭大哥的「記者守則」第一條，真正的祕聞就是永遠不會見報的新聞。我想，消息應該是被封鎖了。

到了年底，只剩我這根蘿蔔逢人就問：「是真的嗎？那件事是真的嗎？可是，曾敏的身價好像愈炒愈高了⋯⋯」

鄭大用一種我看不懂的眼神瞅著我，許久許久才開口：「你真的是記者嗎？你忘了我教你的守則第二條，不要放過任何疑點，也不要相信任何事情？那種狗屁倒灶的花邊新聞你也想挖？多去留意『劫運』問題和社會事件吧，搞不好你也會在那裡摔一跤。」

的確，從那時候起，大台北捷運系統頻出狀況，不斷有人在捷運站昏倒、摔跤、自殺，或被手扶電梯夾傷腳、掀掉頭皮什麼的。我們這些社會版記者成了市政府記者會的常客，「市府團隊深痛檢討」、「市長再度向國人致歉」變成我的筆記型電腦上的每日例句。

除此之外，接踵而來的虐童案、家暴案、性侵害案，也讓「嗜血禿鷹」（我的一位「台生」朋友對記者的稱呼，她正在北京修現代文學）度過忙碌卻空虛的歲末——每晚癱瘓在行軍床或警局沙發時，我不斷祈求上蒼讓我放下一切，回歸淨空，心無雜念想著遠方的「她」。但我的意識仍莫名糾結在那個人、那篇報導，以及，我和網路朋友「e說寓言」的棒球對話上。這一年的落幕，對我而言，像是直覺、異想、奇妙感應和意念糾纏的序曲。

曾敏小檔案：

一九八一年生，左投右打，身高一九三公分，體重九十二公斤。曾為三級棒球國手，二〇〇四年世界盃、荷蘭港口盃錦標賽國手，業餘時期代表作為儲訓隊赴美訓練比賽中，曾以完封十七K擊敗美國代表隊，技驚棒壇。原為雅典奧運教練團屬意的「左手王牌」，因緋聞風波而遭到臨時撤換。擅長球路為直球、指叉球、變速球和大幅變曲球，最快球速高達一五五公里，快、慢球速差則超過四十公里，被譽為「東方特快車」郭泰源之後，國內最具潛力的「全方位天才型投手」。和同年次的新秀李駿材、年緯民稱「金雞三劍客」。也是第一位未踏進職棒圈，即拍攝商業廣告、參與公益活動，作風藝人化的業餘球員。但奧運事件、緋聞風波皆不能減損其身價（作秀價碼和專業評價），在六大球團一致看好，爭相網羅的情勢下，可以想見，其「棒球／明星」之路必將充滿戲劇化的波瀾。

剪報左下角空白處還有一行潦草的原子筆跡：

視覺系投手，長相酷似裴勇俊，讓人「心痛」的男人……

「你早就感覺會出事？怎麼不告訴我？」史伯伯濁白的眼裡透射出令人生畏的精光。小時候每被他下符般盯著看時，我總是慶幸自己不是偵訊室裡的嫌犯。他的頭一偏，眉一皺，斜睨著報上文字，彷彿那裡面藏著機關暗語。

順著他的視線，我不由自主想遮掩報屁股的「眉批」，又覺得這個動作正是此地無銀，伸出去的手就這麼僵在半途。我小心翼翼地說：「嗯，呃……還沒發生的事我不敢亂講，說錯了變成謊報怎麼辦？我也不是體育組的記者，雖然請調了好幾次，尚未成功。還有，我不希望你覺得我是看他不順眼，說他壞話。」

熱氣竄流的咖啡店幾乎滿座。過於擠迫的空間設計帶給我說不出的壓迫感，我覺得，每一位大聲喧嘩的客人好像都是在監視我。

「哧！看曾敏不順眼的體育記者可多了。這幾天我明察暗訪，大部分記者抱著看好戲的心態，也有人覺得那是齣自導自演的失蹤秀，為的是哄抬行情。你知道C球團遲遲不公布的預定簽約金是多少？」

「多少？」我瞪大眼睛，心裡盤算的數字是五加上六個零。

「一千萬。創下職棒新人的新高記錄。」

天哪！一千萬？比當年蔡仲南的六百萬、陳致遠的五百萬還要高出一大截。

「哇！E球團簽下國訓藍隊的王牌投手莊宏亮也只花了四百萬元。十一月南韓三星獅隊來台灣打了三場友誼賽，難看極了，E隊的本土投手全部不堪一擊，只有莊宏亮先發的第一場，主投五局無失分……」

「就在那時，你們口中那位『鄭大』先生——」老人家用下巴比了比鄰座笑成一團的小劉、鄭大等人，繼續說：「告訴我，早就和曾敏有默契的C球團赴日和大榮鷹隊二軍進行一場祕密測試比賽——想測出曾敏的真正實力，結果如何？你猜？」

「既然對手只是二軍，應該，應該不會被轟得太難看吧。」我的語氣像發酵的泡菜，腦海裡浮現一具淚如雨下、垂頭喪氣離開投手丘的高大身影。

「十八K完封，C球團故意不讓消息見報。而且，你應該知道，日本二軍的實力，比我們的正規部隊還強。」

「鄭大說的？是真的嗎？」不是滋味，真的很不是滋味，為什麼有些「天公仔子」生來就注定要吃香喝辣，事事順心外加左擁右抱？我不是見不得別人好，我比其他球迷更期待強投、強棒接踵而出，從我很小很小的時候就懷著這份期盼。「只是……」

「只是，傳說中的事情總是真真假假，那位鄭先生有沒有加油添醋就不得而知了。」史伯伯又瞄了鄰座一眼，唇眉上揚，語帶安慰：「我來找你，是因為我相信你的感覺。從去年開始醞釀的棒壇危機，大家只是當冷笑話看，畢竟，那些『黑函』、『深度報導』哪裡比得上檯面政客的一張嘴？只有你嚷嚷著台灣職棒將有大事發生。或許，眼前唯一的線索就在你這裡，你在網路上的『e說寓言』……」

「史伯伯看過了？」話一出口就覺得多餘，有「警界老狗」之稱的史隊長，怎麼可能放過任何蛛絲馬跡？我低下頭，不敢看老先生的眼睛。

「是啊！經歷了十二年前的那件事之後，我就對E這個英文字母特別敏感。你知道，老狗耍不出新把戲，我沒法像你們年輕人那樣流連網路空間，過著e化的生活。但我一直在留意『那個人』的舉動。那種智慧型的罪犯，是不會長久甘於寂寞的。」老人家的語調忽然轉趨悲涼，像我掌中那杯失溫漸冷的咖啡。「還記得嗎？小伙子，那天你也在場，我安排你當工讀生，負責清掃看台上丟下來的垃圾。我沒告訴你，那一天，那場比賽，一萬四千人滿場的象鷹之戰，正有一樁重大案件在祕密進行……」

下意識抬頭，望著老先生意味深長的表情：他的眼瞳，鑲白濛灰的眼眶，像是濃霧森林乍見的一束光，照向我，也穿透我，筆直一線射向我背後的人形氣流。他在想什麼？或者，在看什麼？我下意識轉過頭，環視周遭，人聲轟沸的咖啡屋依舊嘈雜一片。

「那一場打打停停，扣人心弦的比賽，我帶著你忙進忙出，清掃投擲品和可能的證物，我們這夥『清潔人員』，除了你，全是便衣偽裝，為的是救回肉票，揪出那位E先生的真面目。這種罪犯會有三種本能：其一，犯罪後會重回現場，欣賞自己的傑作。其二，有時會假裝成熱心民眾或目擊證人，提供假線索，誤導警方辦案，或享受隨時可能被拆穿把戲的高度刺激。其三，在公開場所犯案，借由人潮掩護，大玩諜報遊戲，或『藏匿』在警察身邊，利用人類視覺或心理上的盲點，悄悄完成陰謀。這時若再加上媒體現場轉播的煽風點火……」

人潮流動。自動玻璃門開開闔闔。點餐。坐下。起身。離席。人進人出。一種奇異的感覺，說不出、辨不清，像是和久違的什麼重逢，或是與心動的對象邂逅的異樣感，從我的後頸，蔓延到耳朵，直竄百會再流盪全身——很像，很像冬陽的午後套上高領毛衣倏忽感應到的靜電窸窣。我沒有移動視線、東張西望。我一直雙手托腮，專心，或者說，試圖專心聆聽史伯伯的講古。他的一言一語，一蹙眉一頷首，化成煙索引領我神遊昔日聖地——台北市立棒球場，我生命中的「大球場」；那場賽事、那段回憶，凝成幻燈片般的停格影像，鐫留在人流音波交混的眼前，由史伯伯旁白的空氣銀幕，我的心情底片的雙重曝光。是啊！我瞠著不算大的眼睛，穿透聲音濃霧影像迷宮，摸尋年少情懷不及辨識的滋味，卻是忽忽乍遇自我的多重分身：球場的昔日我、咖啡店的當下我，以及，因異流干擾而出竅俯瞰一切的遊魂我……是我恍惚分神有以致之？還是驚覺事有蹊蹺？

「所以，史伯伯，你也認為是綁票？」

窗外，一對勾著手臂細碎交談的男女正快步穿越馬路。小劉、鄭大等人則邊聊邊等另一側的綠燈。路的這頭，一具灰色大衣、碎白髮流的男人背影，左手握著手機，像是在撥號碼，也像在等電話。斜對角斑馬線的另一端，一名黑衣男子俯視掌中的銀色小方盒（應該是手機），不時揚眉睨視咖啡店的方向。

「來賓史××先生，櫃枱有您的電話。」音樂乍停，擴音器傳來輕柔的女聲。

「奇怪，怎麼會有人不打手機找我？誰會知道我在這裡？」史伯伯面露狐疑，像一陣風般捲向櫃枱。

叮叮幾響簡訊傳遞的樂音（伴隨著十步之外史伯伯愈來愈大聲的「喂？」），我翻開背包，取出超迷你型手機，打開折疊機蓋，赫見幾行冷笑般的螢光字：轉告老狗，我不是罪犯，是犯罪家。

我站起身，倉惶四顧，街上的人皆已不見蹤影。轉頭望向史伯伯微駝的側影，那具鷹勾鼻淺灰夾克的身軀一動不動盯著銀灰色的話筒黑洞，彷彿緊握著剛拉開保險的手榴彈。

e說寓言之一

「哪一位運動員最有資格當台灣的『賣田捕手』？」

「職籃的田壘。他的名字裡有四塊田，夠他賣的了。」

「誰是台灣職棒的『金雞母』？猜一捕手。」

「嗯……不知道。答案是誰？」

「La new 的陳鋒民。」

「為什麼是他？他屬雞嗎？」

「他不屬雞，但經常『敷蛋』：重要部位經常被球K到，從高中時期起就是中彈王，打到職棒又因蛋丸之地受創而多次高掛免戰牌。」

「誰是最『不愛台灣』的捕手？」

「洪『一中』。」

「如果棒球比賽像推理小說，哪一位捕手堪稱球場神探？」

「曾智偵。」

「從0到9，誰是棒球上最重要的數字？」

「2。因為那是指揮全場的捕手代號。」

Inning 2

一千萬的代價

一月二日

果真是綁架案？

相隔十二年後，國內發生的第二樁棒球綁架事件。

二天後的黃昏，曾敏失蹤事件有了突破性的發展。

「會是十二年前那個人所為？」關上電腦，我對電話另一頭的史伯伯說。

「還不知道，不過手法很像，他先丟出幾個棒球問題，限對方在一定時間內回答，時間一到就掛斷電話。來電當然沒有顯示號碼，通話時間太短，也使警方查不到他的位置……」

「會不會是有人模仿他的『舊作』？當年的案子很轟動，因為事關第一財閥的女兒，我做的剪報塞滿一整個卷宗。」介於似曾相識、似是而非的模糊直覺。

「嗯，有可能，其間的錯綜關連有待釐清。唯一可以肯定的是，疑犯是個具有棒球知識的人，而且，詭異的是，那人的問題發語詞是『E say』……」

E say？e說？

「我知道你在想什麼，小伙子，這就是上次我找你的原因：C球團的人已經來報案，因為曾敏從未連續數日不見蹤影。我也查過在討論區和你問答棒球的那位e說，他的電腦位置是在國外，可能是在對岸。總之，這號人物像個網路幽靈，一定有古怪。」

我就知道，史伯伯暗中調查過我的一切，雖然他是世界上最照顧、關心我的人。（還有一位署名 Uncle glove 的人，會在我生日時送來糖果、玩具、卡片。我的棒球手套就是十五歲那年送的。）我的求學、工作、交友、生活，都有老先生直接或間接參與。我的「初戀」幻滅事件，從案發到傷心落淚，老人家全程目擊。（我的祕密大概是剩下他沒見過的「夢中情人」了。）在孤兒院的時候，為了擺脫他的「監控」，我經常搗蛋、犯規、逃亡、反抗師長，想盡辦法破壞人人遵守的「規則」、「制度」。十四年前的最後一次逃亡，我在飢寒交迫、無處可去的情況下，不得不向史伯伯「投案」。老先生二話不說，帶我去師大路吃大碗公牛肉麵，送我回院時才開口：「想看比賽嗎？我答應你找個時間帶你去看棒球比賽，而且讓你坐特別座。怎麼樣？有沒有問題？」

「他的第一個問題是什麼？」一幕光海，熠閃燦亮的冬陽。我閉上眼，享受大寒過後的乍暖，闔不緊的眼簾，忽忽覷見了紅土、綠草、藍天、秋老虎和黃色加油棒的織錦。

「**棒球場上最會劈腿的人是誰？**大家都知道曾大投手的綽號是『劈腿王子』。而且，歹徒是直接打電話給C球團的領隊，沒頭沒腦丟來這一句，隨即掛斷。起先球團的人以為是惡作劇或搭錯線，但同樣的問句每隔一小時就來電一次，又逢C球團急著和曾敏簽約卻找不到人的敏感時機，所以……」

「所以，從告知綁案、電話間隔，到以後的勒贖金額、付款方式，都會用棒球謎語的方式？和當年E先生的手法一樣？」

「唯一不同的就是那個『E say』，很像好萊塢警匪片用過的手法。」

《終極警探》第三集的橋段。有什麼特別用意嗎？」

「還不清楚，也可能是在模仿耍酷。你想聽第二題嗎？」洪亮的嗓音忽然頓住，一道長長的驚嘆號從眼前掃過。

「是不是……和數字2有關？」我沉吟著，想要否認自己的直覺。

「沒錯！小偵探，『職棒比賽進入第二局，會發生什麼事？』」

「比賽有效。根據職棒規則，比賽未滿一局因故停賽，必須擇期重賽，在第一局裡的攻守成績一概不予計算。若是進入第二局則比賽確定生效，即使因天候或其他因素停賽，先前成績皆列入正式記錄，補賽時亦從中斷的局數、打者、好壞球數開始。」

「你覺得，什麼樣的『比賽』開始生效了呢？」

「是綁架案嗎？歹徒明確告知真有其事？還是暗示作案計畫進入第二階段？」總覺得，事情沒那麼簡單。「第三個問題是什麼？應該和贖金有關吧。」

「『四局下半，後攻球隊先馳得點。』歹徒指名要C球團付款，否則就要『釋出』最重要的那隻手……」

「嗯，他們要一千萬元。只是……」我想起前天小劉說的「價碼衝突」，巧合中透露著詭異。

「你是說，『1』加上七個『0』？那些生意人的腦筋還在『四』的上面打轉呢。我會通知他們的。只是什麼呢？」

「史伯伯，你說曾敏的簽約金是一千萬元，可是，《香蕉報》的朋友告訴我，曾敏曾獅子大開口，要求二千萬元。C球團只答應他，會儘量安排廣告活動，提高勝投獎金，用其他收入的方式彌補。」

「其他收入……呵呵，小寶，犯罪事件我看得多了，五花八門什麼怪花樣都有，你不是也見識過？」史伯伯的聲音，透露著只有我才聽得出來的焦慮，（一種混合著陳年尼古丁的氣息，雖然我們隔著話筒，我還是感覺得到。）每逢案情膠著時特有的焦慮。「問題是，歹徒提出的一千萬，是指已見報的簽約金一千萬，還是二千萬減一千萬的差額？或者，純屬巧合？」

從一千萬到二千萬是加法，從二千萬到一千萬是減法。外加的價碼。內含的條件。謀略加上方法？詭計還原真相？我的頭暈了。一種……在球場為同性嘶聲吶喊又被鄰座異性深深吸引的暈茫，驚異起伏混捲著甜蜜挑逗的暈眩。

「如果只是巧合，這件事情很快就會落幕。」就要進入天昏地暗的生活了，我很清楚，小動物預知地震或海嘯的那種清楚。也好，我一直想脫離警局守候、命案現場、燒炭跳樓的線上生活。「請調體育組」的簽呈，報社批准了嗎？

「唉！你的口氣，是在暗示這件事會沒完沒了？最近那些炸彈事件，快要把我們變成三面佛了。小寶，你知道，我今年就要退休……」話筒裡傳來捷運車站萬馬奔騰般的快步移動聲和「啾啾啾」車門關閉前的特殊聲響。老先生正在哪一線、哪一站奔波呢？我看了看牆上掛鐘，這一段通話時間（中間有通小劉的插播：「聽說有人打電話到C球團……」）老先生已經穿越城市，回到新店獨居的老窩？還是反向前往淡水，為漂流上岸的無名屍身分發愁？

當整座城市的捷運網交織成形，哪裡是起點？哪裡是終站？或者，我們在幸福、悲傷、憂鬱、快樂、沮喪的網路裡彳亍迷途？「哇咧！雖然我們都是六年級的，你也不必這麼幾米，如此村上春樹嘛。」《香蕉報》的小劉一定會這麼笑我。

拉起百葉窗，讓鑲紅流金撲面灌頂。（北京的暮色是不是昏黃湛寂如月見冰？）微涼的晚風順著我的吐納，在空中形成不可見光的迷宮迴路——那些生意人的腦筋還在「四」的上面打轉呢——等等，不在「四的上面」，有可能在四的下面嗎？或者就在「四」的本身，譬如說，還未提出的第四個問題是什麼？那道謎題究竟是什麼意思？「進入第二局」的意思是局中有局？

也許，是我太多心了。

斜攤在桌角的晚報頭版，一行粗黑標題像龍捲風般攫住我的視線：大陸冷氣團南下，更強大的寒流即將登台。

手機又響了，是小劉的號碼。「喂！我打聽出來了，那個曾敏曾放話，會不擇手段爭取他要的價碼……」

一月三日

銀白的樓體，嶄新的蛋頂，像一座剛完工的廢墟。

和舊日回憶平行共存的硬體，又像是建基在雲煙過往的時空。

是聖堂？還是遺址？我們的台北市立棒球場。

白晝黑夜，任何時刻，行經敦化北路、南京東路切割劃分的這方界域，我們看到的是興建中的弧頂？深綠琉璃象牙白牆面的牌樓虛線？

「我們要巨蛋！」「原址興建巨蛋！」遙遠遙遠的從前，被異星光焰深深吸引的孩童我立在滂沱大雨中，仰望那方銀白染雪，由夜間燈光、集體能量烘呈的結界。

斜角對峙的環亞百貨依舊傲立如山。一街之隔，另一座「廢墟」國票大樓的汽車圖案展現從天而降的垂直動線。南京東路這頭、HANG TEN、GEOX、必勝客披薩——「來！這個拿去吃，夏威夷口味的，你自己找位子看球，待會兒史伯伯沒空照顧你。」「你要去做什麼？我跟你去……」燠熱的近午，沸騰的氛圍，汗臭、體腥、油煙和便當味合譜的分子雨浸滿全身。啊！我的心跳加速，呼吸促急，嘴裡的起司麵粉攪和著溫熱的鹽水，一糊不忍吞嚥反覆咀嚼的團塊，第一口泥渦水漩的滋味。很多年後，台北市立棒球場拆除紀念賽那天，我特地帶著以前放巧克力星星的玻璃罐，隨手挖了一捧又一捧的內野紅土，外野草根，填滿密封，像供奉骨灰罈那樣放在書架上層。

我算是個棒球癡嗎？「你差得遠了。如果真的愛這座棒球場，你會發現層出不窮，礦脈延伸般的棒球故事。」就在那一晚，我在棒球場正門口邂逅了和我一樣近鄉情怯的李先生，（我們不約而同在攤販雲集的中庭台階前瞻後顧，來回踱步，然後像遇見同類般相視一笑。）他的「棒球經」和其他球迷很不一樣：「你看過球場蜘蛛人嗎？看過棒球舍利子嗎？」

搖頭。「看過被大巴士活活輾死的撿球童嗎？」吐舌。「看過專偷黃牛票默默塞給老弱貧病球迷的扒手？」傻笑。「飛鷹盤旋的超級大戰？」

我的眼睛一定亮了。當時場內彷彿正爆出一連串的鼓掌、歡呼和宏亮的廣播聲：「各位親愛的球迷，今天是台北市立棒球場的告別式，你看到的一磚一瓦、一柱一樑、一標語一看板、一泥一沙都可以拆下來，裝起來帶回家。希望這座球場近半個世紀的共同回憶，能帶給我們大家不一樣的人生……」

只有「走進球場的次數」一樣。年過四十，滿臉滄桑疲憊的他說：「其實，我這一輩子，只進過『大球場』兩次……第一次是很久以前全國高中棒球賽準決賽……第二次，唉，最沒有價值的演員……沒有想到那一次也就是最後一回。這些年來，一有空閒，我就情不自禁在這附近徘徊，卻再沒有進去的勇氣。」可能是察覺到我的心不在焉，他拍拍我的臂：「希望這是你的第一次，趕快進去搶救古蹟吧。以後新球場蓋好後，記得要帶女朋友來看球哦。」

搶救古蹟？說得真好。成千近萬的球迷像興建，不，是逆向拆解金字塔的奴工，在很短的時間內就將龐然大物拆成碎片；或者說，爬滿蛋糕山的螞蟻雄兵，迅速將澱粉糖水化合物還原為晶粒。以拆毀的方式「興建」，塵歸塵、土歸土的「還原」，回歸不復返的原初。（數天後，怪手已將那裡夷為沙塵飛揚的平地。）大家都在挖土，土撥鼠那樣鑽挖，不是為了埋葬，而像是在撿骨或召魂。（九一七納莉風災時，這裡傳出有人發現恐龍蛋的消息。）有人站在全壘打牆右外野三一〇呎或中外野三六〇呎的大字下方拍照留念。有人開卡車進場，說是為了傳承——將這裡的紅土移植到另一所苦無標準設備的高校棒球場，當作「地基」。有人帶走長長一匹「職棒十一年 ON FIRE」的廣告布幔。

有人拆下內野塑膠椅，帶回去當坐墊。大家爭挖壘包和本壘板，最厲害的那位搶到二壘壘包，說是要用微物辨識的科學方法，逆溯盜帥林易增百盜生涯每一次撲壘的指紋。有人帶著整套工具逡巡全場，取樣般擷下內野紅土、外野草皮、石灰壘線、本壘後方掛網、場邊練投土丘……一撮粉、一捧沙、一絲纖維，試圖重塑一座微縮的台北市立棒球場。

我呢？我擠在人群中，模仿他們的動作，做著他們熱衷的每一件事情（雖然來不及參與那齣成住壞空的歷史）。直到今天，還是忘不了那一夜用手心輕撫沙土時驀然回想另一個正午第一次邂逅球場風沙的粗礫觸感。除了那罐沙，我還帶回印著卡通象圖案的男廁所告示牌、白底紅字「內野特區」的標示板。

對我而言，關於那座球場的故事，卻是在她成為歷史灰燼後才開始：那天以後，每回舊地重遊，總是不免和那個人——高挺瘦削、深藍西裝的孤獨身影——不期而遇，展開一段雞同鴨講的老少對話；多半時候是他說，我聽，聽不怎麼明白，就是愛聽。小劉也就是愛消遣我：「怎麼你的朋友不是老傢伙，就是中年人？連不認識的人你也信？」是啊！可惜今天遇不到他，（他是誰呢？我至今未聞其大名。）解不了我的棒球故事癮。

一月四日

請調體育組的簽呈沒有批准。

又是一個寒流天。我繼續哆嗦著手腳穿梭在燒炭自殺和情殺現場，心裡惦著跑職棒線的同事KENT捎來的內幕消息：六球團將有大規模的砍人動作，其中又以L球團的「釋出案」最驚人。

「會釋出誰呢？L球團不是最重情義的元老級球隊？而且，他們去年轉虧為盈了。」

KENT在我的memento上寫了三個名字，不，是在三個名字裡各取一字，合成待解的謎語。

我的眼睛直了。

「不會吧？怎麼可能？」

「職棒十年以前，『棒球先生』李居明怎麼可能離開兄弟象隊，跳槽到台灣大聯盟？那一年季初W球團不是一口氣釋出楊松弦、洪啟峰、宋肇基等即戰力的球員，結果只打到年度第四名？他們聲稱那是『陣痛的代價』，但球團經營終究是門生意，沒有剩餘價值的球員只是佔了茅坑而已。」

最有價值的球員。「最沒有價值的演員」。也是一種世代交替？

「為了騰出吸收曾敏的空間，C球團也準備釋出三至五名二線球員，雖然都是默默無名之輩，但我算過，那些人一年的薪資總和相當於曾敏的年薪。」KENT點燃一支煙，濃濁的萬寶路煙味嗆得我咳嗽連連。他揮揮手，用一種騰雲駕霧的悠然神情說：「我看現在最想『砍人』的是那些被擠壓出局的球員吧！俗話說『不遭人忌是庸材』。」

「如果是功成身退多好。像謝長亨、林仲秋、王光輝等人的光榮引退賽。那年六月王光輝在花蓮的那場，聽說他還擊出一安打、勝利打點，榮獲單場MVP呢。」

「你想得真美，史家寶，你覺得任何事情都會有個完美的收場？」KENT離去的背影像霧林裡濛濛一輪乳灰色的精靈。

點頭。我對著狼藉地面上的白色人形點頭。由於欠缺新聞性，（如果是知名藝人自盡，恐怕連總統府都要發表關切言論。）記者、攝影機早就撤了，又剩下員警和醫護人員在狹窄的斗室現場忙進忙出。小劉突然冒出頭來，把我拉到樓梯間咬耳朵：「怎麼樣，有消息嗎？」

我望了他一眼，不答腔，心裡湧起莫名的酸楚。為了白色租界（我對人形框的稱呼）

裡相擁而眠的悲情男女，也為了留在牆上的血字。

「你一定有消息，對不對？快啦！透露一點就好，反正是暫時不能見報的。」

「男的三十歲，女的廿八歲，同居三年，也一起失業了一年，本來想撐到情人節，先結婚再自殺，但肚子裡的小生命不能等。他們的遺言，你自己看，『願天下眷屬都是有錢人』。」

「不是問這個啦！喂，小寶，別賣關子了，你一定知道我在問什麼。我剛進來時看見鄭大神情倉促地離開，是有了最新進展了嗎？」

這對有情人的收場呢？絕決地攜手離去？無憾地共度此生？白布覆上屍身的一瞬，我留意到兩人四掌交握，男的安睡似嬰兒，緋紅的臉如初綻的櫻瓣；女人的眼睛似開似闔，一抹凝紫、一線瞳光，是在收攝熱情？釋出魂靈？最後一瞥的印象，她在覷望何者？夢見什麼？

「如果今生不能再見，你會記得我，記得那個美麗的下午？」一年前，夢中的「她」遠走高飛前夕，在我的耳畔喃喃傾吐的賦別信物——一晶一閃，從一滴、一串到一瀑的熱燙珍珠。

「再見？什麼不能再見？」小劉用力搖晃我，伸手在我失焦的眼前揮動：「綁匪沒有進一步的指示嗎？為了打聽下文，我們老總快要胃穿孔了。」

「有啊！第四個問題，『九局下半，誰最怕說再見？』這個問題有點難又不太難，你一定猜得出來。」

「再見……嗯，再見安打、再見全壘打、再見保送、再見失誤，答案應該是投手吧。這個問題什麼時候出現的？」

「半小時前。我、史伯伯和你的看法一樣。問題是，這個問題在指什麼？」

「那個老傢伙問的？對不起，我不該這麼說，可是整個新聞界都不喜歡他也是事實嘛。」小劉吐了吐舌頭，尖細如針葉的丹鳳眼朝我眨了眨：「既然肉票、贖金都有譜了，再來應該就是交付贖金的時間、方式和人選，推理小說的情節不都是這麼發展的？而且，我聽說十二年前的棒球場綁票案就是用這種手法，對不對？」

「可能吧，不過答案在別人手上，要莊家說了才算——」簡訊的短鈴聲，我低頭按鍵，乍見「不要被文字的表面所蒙蔽」的字樣，隨即一陣急響，KENT的手機號碼淹沒了螢幕文字。

「喂？小寶啊！那件事已經確定了，明天就會召開記者會公布，你如果有空可以來現場……」

「知道了，有空再聊。」插播電話。我立刻轉接到另一支號碼，聽見史伯伯宏亮的吼聲：「你說對了！小寶，確定是由『投手』負責交付贖金，第五道問題也出現了，『不遭人計是庸人』，計算的計，猜一位投手，你認為是誰呢？」

「等等，讓我想想……」無預警地，非邏輯地，我的腦海浮現一尊人像：高大壯碩如武神的身姿，高壓投法，球速快如砲彈，球運卻有如砲灰的另一位「金雞」：職棒二年級生，業餘時代曾和曾敏齊名的右投手，去年球季末因戰績不佳（0勝1和6敗）險些被C球團釋出，有「零勝一郎」之稱。我曾多次陪KENT混進休息室和練習場，對這位愁眉深鎖的投手印象深刻：他臉上的陰霾、舉手投足的僵滯遲疑、低垂的目光……整個人像一朵積雨不散的烏雲，帶給他人強大的壓迫感，卻又缺少原住民選手的陽光味和霸氣。「真的很可惜呢，最快球速逼近一五〇公里，就是信心不夠，控球不佳，EQ管理又不好……」KENT的評語。

「很少見到運動員如此討厭媒體的，居然敢和記者對罵、互毆，大牌如彭政閔、張泰山也不敢如此。」去年這位投手爆出仙人跳事件（上網路交辣妹，被詐騙集團威逼色誘拐走一百萬元）時，鄭大在亂成一團的記者會現場對我說：「得罪記者是比召妓被騙更嚴重的行為。你要記住，在某種意義上，記者和妓者一樣，無孔不入，只要有好處，就大開方便門。記者守則第三條。」

會是他嗎？他禁得起綁匪虛虛實實的花招擺弄嗎？

「想到了嗎？是誰呢？」話筒裡的聲音、身旁小劉的問句，同時灌進我的左右耳孔。

「李駿材，C球團的中繼投手李駿材。」

「駿材？庸人？怎麼會是他呢？他不是去年才進入職棒？指定他的用意何在？」

我看了小劉一眼，他已從原先的急躁轉為沉默，神情像是參加心算比賽的學生。

「你們自己去問綁匪。哦，對了，順便多問一句：交付贖款的日期是不是在未來兩日之內？」

小劉對我揮揮手，叼著煙一步步踱下樓梯，一面低頭忙著按鍵——聯絡下一個採訪對象？急著和他人交換情報？縷縷乳灰之流從他消失的樓梯轉角飄來，在空中蔓延纖繞。我回望逐漸寂冷的室內，男女主人的床頭不知何時放著一碗米，插上一柱香，青紫色的煙氛像自體纏繞的蚺蟒，陰暗，龐碩，糾緊攣縮的窒息感，像一隻黑影幢幢的勒喉之手……

一月五日　凌晨

我站在打擊區，凝神注視遙遠山丘上的蕈狀雲。天昏。地暗。雷聲轟隆。霹靂電閃。（標準的電腦合成畫面，介於電影《惡靈古堡》、《魔宮帝國》和網路遊戲間，說出來一定會被喜歡陽光綠野的「她」笑。）握緊手中熱流，正準備大棒一揮，擊向銀色閃電——地轉。天旋。背景翻變。攻守交換。我變成仰觀星象的投手：覷望天機般的星辰，每一眨閃，就是一種捕手暗號；只是眾星閃爍，那些謎題、密碼嬗變快速，令人目不暇給。

我回看計分板氣牆上的暗流數字：二好三壞，兩人出局，滿壘，而我看不清指示，拿不定主意，遲遲投不出關鍵性的一球。（球評會說，投手的關鍵球最後會訴諸本能：最拿手的球種或當天狀況最好的球路。）

我的背後無人，左後方是滿頭白髮的史伯伯，彎腰，駝背，穿著清潔工制服，鎮守一壘。轉身傳幾個軟弱無力，象徵大於實質意義的一壘牽制球。緊繃的情況不變，圍城的敵人就要攻陷家門，所有的壘包、打擊區和對手休息室人影幢幢。我是獨力回天的投手。史伯伯將牽制球回傳，我繼續緊握著燙手山芋，睜大眼，想要看穿不知名對手的真相……

一月五日

「所以，你一直夢想、渴望成為棒球選手？你的成長過程，和棒球有淵源嗎？」聽完我的夢境，鄭大充當起業餘解夢師。

乍暖還寒的正午，特意抽空約了這位新聞前輩共進午餐。每次見面，我都會回想與他第一次邂逅的情景：京華城頂樓 PLUSH 夜店的記者圈活動，每逢重大事件過後，或警方宣布偵破大案的當晚，大夥兒的酒聚。我一直忘不了，魔鬼投射燈和粉味瀰漫的閃爍空間裡，那一雙總是若有所思卻又晶亮穩定的瞳子（裡面疊著金黃藍紫的漸層），一眨不眨，像核磁共振那樣掃描你的心事。我看不出他的年紀：兩鬢泛灰額頭微禿，抬頭紋深不可測，五官、皮膚和身材卻是未現老態。（他應該是那種常上健身中心以便掩飾年齡和把妹的四、五年級男。）在年輕記者輩出的小圈圈裡，他不會讓人覺得過時、缺少幹勁，相反地，因為縝密的心思，過人的觀察力，而經常以老大哥的姿態，成為眾人的意見領袖。去年底股市大跌，就是他率先披露「禿鷹集團放空股市」的消息，經渲染後，變成「唱衰台灣」的陰謀論。小劉認為，不是政大新聞系出身的鄭大也非池中物，而是過江龍。「他適合當律師或黑道大哥，幹記者或警察都糟蹋了他的能力。」但我以為這位大哥聰明有餘，實在欠缺了老大的狠勁和律師的反覆、算計。我不確定他的興趣或心機，只隱隱感覺，我第一眼讀到的流金暈紫，不是「名利雙收」、「出人頭地」之類價值觀所能道盡。「那我們呢？我們能做什麼？」那次酒聚後，小劉開車送我回家的途中，我訥訥地問。「你唷！你們這種F世代，我看最多跑跑龍套。」

那個傳奇之夜，在「記者志玲」現身前，我一直在偷偷打量（或者說，品嚐）一附之隔的異樣氣息：他的言語或許老成，神態難免滄桑，但眉飛之時，色舞之際，侃侃而談舊時回憶，（上個世紀六、七〇年代，他們那一輩的童年。）尤其說到紅葉、金龍、七虎、巨人等少棒經典——那一瞬間，金波湧動，暗紫迴旋，他的全身上下散發出詭異的「青春」氣息，好像是放大，也像是縮小，這位中年記者的身形、氣色隨著音調起伏、燈光流轉而翻變，宛如聲若洪鐘的巨人，也似童言童語的稚子。「回想一下，是男生應該都有經驗，第一次握棒擊球，甜蜜點命中球心，球飛如閃電的感覺。那種，慢如永恆、值得一生品嚐的快感……民國六十年那個仲夏之夜，小黑人麥克林登淚灑投手丘，所有的台灣小孩瞬間變成『巨人』的畫面……」

黑白回憶。繽紛圖騰。彩繪能量。空濛意象。我沉浸在虛實難分的暈浪錯覺裡，一隻大手突然提著我的腕，將我撈出湖面：「聽說你今天第一次見到屍體？我問你，記者和打者的分別是什麼？」

「我是說，你分得清夢境和現實的差別嗎？」瘦骨嶙峋的指掌用力握了握，我猛回神，星夜背景換成光天化日，他的笑容和冬陽一樣燦爛：「瞧你失神失神的，還停留在棒球夢？」

「呃……我，我其實從來沒想過要當棒球選手，你看我的五短身材，也就，就不太可能嘛。」右側的落地玻璃牆映出兩具對比強烈的身軀：腰桿筆挺、一身黑衣的鄭大和大餅臉、駝背縮身的我。很像，唉，很像仙風道骨的師父帶著個腦滿腸肥的拖油瓶小徒弟。

「這不一定，已退休的王俊郎、汪俊良和吳復連都是你這種身材。」彈指輕揮，火星即閃，那話尾立時穿透玻璃，飛向天際。「你在看什麼？小朋友，我告訴你，王俊郎當過S球團的總教練，汪俊良是中華職棒史上第一位擊出全壘打的選手。吳復連在業餘時代，號稱『亞洲最佳游擊手』。不過，與其說你對棒球滿懷渴望，不如說棒球對你別具意義，是不是呢？」

棒球對我的意義是什麼呢？

「其實，我的棒球經驗貧乏得可笑！碰手套的次數比碰女生的手還少。從小到大，我沒有握過真正的球棒，鋁棒、木棒、碳纖維棒都沒用過。我和球的接觸……很奇怪，當我冒汗的手心接到傳球，我留意的不是一百零八針縫線，而是汗漬球體上的血色指紋。」

「你有沒有聽過『全壘打球集中營』？」鄭大的眼睛亮了，PLUSH之夜的那種晶閃眼神：「老台北棒球場的故事。十多年前，職棒初期，一位中年球癡固定在棒球場九號入口的門外販賣全壘打球……」

我點頭。腦海浮現十四年前那個冷雨之夜的銀瀉景象。

「真的知道？我還以為只有我知道這件事。」他坐直了身子，音調提高了八度：「那男人用津津蘆筍汁的空罐當基座，排成保齡球瓶狀，一顆顆汙黃漬紅、斷線蒙塵的棒球安置其上。他自己不叫不嚷坐在一旁，靜待願者上鉤。有人問：『那些球真是全壘打球嗎？為什麼不見鷹俠、呂明賜、王光輝等人的簽名？』那傢伙還是不答不辯，拉起褲管，捲起衣袖，敞開衣襟，露出淤青紅腫的傷痕，好像在說：這就是簽名，全壘打在我身上留下的大名。你能想像，驚鴻過後，那男人和其他球迷在外野看台翻滾撲抓，爭搶全場焦點，一只流星降世的小白球？」

我點頭。棒球對那男人的意義是什麼？棒球的「意義」是什麼？對鄭大、對KENT、對藍西裝先生、對我、對遠在對岸的她，對神龍見首不見尾那位e說，還有，對滿場萬頭攢動的球迷……（那夜我唯一能反駁老前輩的地方，就在他陶醉訴說「你知道全場一萬四千名觀眾同聲吶喊『李居明，全壘打』的撼動」時，我衝口而出：「去年E球團和S球團爭霸的第一役，澄清湖球場擠進了兩萬多名球迷。」）那無限切分反覆咀嚼的個別意義是什麼？渾然一致眾口齊聲的總體象徵又是哪樣？

「想什麼呢？少年老成，他們說對了，你還真不像是F世代的人。」見我沉默不語，鄭大伸手在我眼前晃了晃：「你平時喜歡看那些風花雪月的文字吧？怎麼樣，你的夢，不需要我來解了吧？」

無詞可解。不必求解。天機難測，不如不測。也許棒球的本身就是一齣夢境，一場迷局，演戲的和看戲的都深陷局中，不肯醒來。小劉曾取笑我這個「棒球電視兒童」：「週末假日你都不出去把妹？連在警局守夜你都巴著電視不放，而且將頻道固定在緯來體育台。你很適合當職棒代言人：就是要棒球！就是看緯來！」

一直沒說，整場職棒轉播最教我惆悵流連的一幕：比賽結束後觀眾迅速離場，計分看板漸漸歸零的畫面。片尾字幕搭配柔美的流行歌曲，營造出一種介於失戀和別離的哀傷氛圍。漸行漸遠漸寥落的球迷面露亢奮，或者不捨，不時回看鏡頭，(和框內的我？）視角上揚，最後一瞥總是定格在逐一星滅的夜間燈架，一盞盞、一圈圈，見證且藏埋硝煙激戰、鑼鼓分貝的圓洞……

「什麼？像什麼？你說棒球像什麼？」

「呃……我是說，鄭大哥說的那些全壘打球，有人說，很像……」我到底想說什麼呢？「棒球的舍利子。」

「舍利子？」突然睜亮的雙瞳像逼面而來，雙線並行的快速球。

弭平的疑惑，新生的不安。迫在眉睫的焦慮挾持這兩者盤踞我的心神。如果我的直覺真靈，預感夠準，能測知往後高潮迭起的連環好戲，那一刻——一月五日下午一時卅分——瀕爆點的一瞬，關於夢境和解夢、事件與象徵、意外插曲和陰謀算計……全部化為，怎麼說呢？一種，一種，周而復始的環繞：我坐在旋轉木馬的圓舞台中央，瞠視著相似景觀的無盡迴轉。

如果可以選擇，我寧可坐在遠離球場的電視機前，憑弔曲終人散的蒼涼。

e說寓言之二

「『政治立場』最不堅定的球隊？」

「W球團。從和信到中信時代，他們的隊服顏色由綠變成藍，職棒十六年又改回綠色。」

「『三民主義』又是哪一球團的特色？」

「也是W球團。陣中有王信民、王宜民和羅健銘三位猛將。羅健銘的『銘』雖稍有不同，但鑲上金邊更值得『銘記』。未來王建民若是『不幸』回台發展，鐵定是W球團全力爭取的對象。」

「年年有ㄩˊ是指哪一隊？」

「呃……不知道，是哪一隊？」

「S球團。他們在二〇〇三年補進投手余文斌，二〇〇四年選中左打者余進德，二〇〇五年又得到外野手余賢明的加盟。」

「反問你一題，一ㄤˊ一ㄤˊ得意又是指哪一球團？」

「獅子軍L球團，陣中姓『陽』或名字帶『揚』的球員不少，如陽森、陽東益、曾揚志、陳揚凱、曹竣揚等。」

「好吧，我也問獅子軍的題目。誰是最『疼某』的打者？」

「ㄟ……不知道呢。」

「職棒二年的汪俊良，他的一支界外球直飛內野看台，打中專程來為他加油的大肚子老婆——幸好，母子平安。夠嗆吧！」

Inning 3

三明治效果

一月六日

付款行動正式展開。

警方為這次搶救人質的計畫命名為「獵E專案」。前進指揮中心就設在C球團總部的辦公大樓。媒體記者一律被擋在門外，（但消息還是走漏，引起記者圈一陣騷動。）我是唯一簽過「保證不洩密、不發新聞、不搶獨家」而得以進場的「警方助理」，形同板凳球員。

說真的，與其坐板凳，我寧可在家睡沙發。誰想在11°C的清晨勞碌奔波？不過，要怪就怪我自己多事：「你們最好早點準備或準備早點，付款行動可能會從早上六點開始。」

「為什麼？」二線一星和一線二星同時開口。

為什麼？因為昨天出現的第六個問題：**兩位裸女啦啦隊，猜付款日期和時間。**

「兩個裸女？什麼意思？」

「露六點啊！歹徒可能覺得這個意象代表六六大順。」

清晨五點的鬧鐘還未響，我已經被催魂門鈴聲驚醒（我正在夢中辨認打擊區那位強悍有力的神祕打者）。史伯伯像拎小雞那樣將我拖出狗窩，塞進他的老爺喜美。不到五點半，呵欠連連的我像睡眠不足被強迫登場的投手，搖搖晃晃走進警戒陣地。

突來的黑色意象，讓我背脊突冷、清醒回神：一具低頭不語，身著黑色運動服、C球團橘黑外套的高大身影，單手提著灰色旅行袋；剛硬的眉宇、唇線，像尊怒目金剛，冷眼瞅視警方和球團人員的忙碌。

不甘？不悅？不以為然？我可以理解他的心情。如果在場眾人中有誰最不希望贖回曾敏，答案是顯而易見的。

「打起精神，我們知道這麼做太麻煩你，但是人命關天。」C球團某高層人士靠近李駿材，用力拍拍他的肩膀：「電話隨時會進來，警方會跟在後面保護你。加油！你不只是拯救隊友，也是在搶救台灣的棒運。」

牆上掛鐘的時、分針拉成一百八十度角的筆直一線。每個留意到時間變化的人都拉長脖子，豎起耳朵——我實在很想告訴大家：放輕鬆點，六點半才會有指令。

十分鐘前，史伯伯在車上說出了第七個問題：**日以繼夜的先發投手**。

我一聽就哇哇叫：「六點半才有行動，你那麼早叫我起床做什麼？」

「怎麼說？」

「職棒比賽是晚間六點半開打，現在是早上，所以叫做『日以繼夜』，白天時間代替晚上的時間。」

說完我就閉目假寐，卻隱隱感覺偵探之眼的窺伺：三短一長的間歇性偷瞄。下車前，史伯伯終於忍不住開口：「要不是因為我像父親那樣了解你，我真會以為你是共犯，甚至是首腦。」

「要不是因為我的父親，你也不會一直不敢相信我。」

六點廿分，專線電話響了。

所有人員各就各位，戴耳機，按機器鍵，史伯伯以手指遮唇，示意大家屏息噤聲，再對領隊先生揮手。

領隊先生深吸一口氣，輕按免持聽筒鍵：「喂！怎麼樣？」

「不要緊張，還有十分鐘。把你的手機交給那位投手。沒有人告訴你們比賽是從六點半開始嗎？」變調扭曲的聲音，分不清是老少男女。

「那你昨夜提示的時間，還有現在打來……」

「早點找點早點，你們肚子不餓嗎？」

「什麼點？」

電話斷了。嘟嘟嘟回聲響徹大廳。

負責追蹤的員警搖搖頭：「時間太短，追蹤不到位置。」

「那個什麼點是什麼意思？你們聽出來了嗎？」領隊先生環視面面相覷的眾人。

「沒有什麼意思。」還是忍不住插嘴：「他要大家早點起來，找點早點來吃。」

所有的人（除了史伯伯和「先發投手」李駿材）將目光射向我，狐疑的，驚訝的，困惑的，不以為然的……管他的，我好整以暇從背包裡掏出昨晚買的蒜味麵包、紫米飯糰，邊吃邊問沉默的李駿材：「你們投手預定先發的那一天，會吃什麼東西果腹，才能不會太飽又不會餓肚？」

悶聲不語。他的表情卻像是想賞我一記飛如流星的球吻。

「喂喂！不要騷擾他好嗎？他已經緊張得失眠一整夜了。當年面對強敵古巴也不過如此。」領隊先生趕忙接口。

電話來了，是手機的音樂鈴聲。李駿材凝視著剛到手的黑色折疊手機。好一會兒才打開機蓋：「喂……什麼？知道了。」隨即站起身，又瞪了我一眼，走向門口。

「怎麼樣怎麼樣？現在要去哪裡？」一票人圍了上去。史伯伯也拉著滿口麵糰的我跟了出去。李駿材按了電梯鍵，冷冷地說：「他說，E say，先發登板前會吃什麼東西，猜地點。提示：就在斜對面。」

「你會吃什麼呢？」

「三明治。」剛開門的電梯立刻濟滿了人。

「哦！我知道了，『地點』是指出發地點，這幢大廈斜對面的那座有『三明治大樓』之稱的三角形大廈。還有說什麼嗎？」史伯伯將我拉向一旁，等候另一班電梯。

「他們說，這麼簡單的問題如果答不出來，就直接打開窗戶跳樓好了。」

銅關鐵閘漸漸閉闔的瞬間，李駿材粗嘎的聲音穿越擁擠的空間，視線一直停留在我身上：「奇怪？他們知道我吃什麼，也知道我今早的停車位置……」

最後一線，和交接目光垂直交錯卻又疊映無窮（電梯內三面鑲鏡）的冷光一線，我在那高人一等的兩瞳之間讀到一抹震慄，一種異樣，說不出是憤懣還是無助的閃爍。

◆

「到底要他去哪裡呢？咱們已經在東區兜了大半天了。」視線不離三部車之前的綠色車尾，駕駛座上的史伯伯嘆了口氣：「唉！小寶，你當記者怎麼不學開車呢？」

「我有『小雞』速克達50，騎著上下班、跑新聞就夠了，又不是要南北奔波，行遍全台灣。」忽然想到「老鷹抓小雞」的故事，我顧左右而言「他」：「史伯伯，你還記得那個人嗎？當年E事件負責交贖金的那位？你說他也長得人高馬大？也是抱怨連連？」

「你是說李中嗎？他現在是旭東集團的總經理，當年因為『保駕公主』有功，很快就入豪門，成為東床快婿。為什麼突然提起那個人？」

「嗯……我只是覺得，那位李先生和李駿材……應有幾分相似。」前方路口的紅燈時間似乎過久，好像已超過兩分鐘。應該是遼寧街口吧，照說我們行駛的南京東路是幹道，沒理由大路停擺，枯等人車稀少的小路紅燈。哈，一定是警方在交通號誌動了手腳，想要爭取時間因應無頭蒼蠅亂飛的迷宮空間？有用嗎？我打了個呵欠：「沒有啦！我只是，耶，熊熊想到的。」

「是嗎？你的直覺能力一直是很多人的壓力來源。小寶，你又在懷疑什麼？不瞞你說，當年的懸案未能偵破，除了歹徒心思縝密，手法高明外，我們也可能弄錯了方向：我們曾強烈懷疑那是某人的兩手玩法，一人分飾兩角，綁匪和付款人，結果徒勞無功。」

「也許，你們只是欠缺關鍵的證據——」

嘰地一聲，綠色小轎車突然飆越紅燈路口，高速離去。原先緊挨其後的幾部自用車（包括我們的老爺喜美）也跟著闖紅燈，在快車道上奔馳，好像是在玩賽車遊戲。「糟糕！一定是要上高速公路。」我心想，還來不及出聲，只見綠色車影在建國北路口一個紅燈急右轉，掀起一連串車輪磨擦、緊急剎車和喇叭齊鳴，綠色目標已像一閃即逝的青鳥般倏忽不見。

「哎呀！上了高速公路就麻煩了。」史伯伯邊說邊轉方向盤，隨即搶在一部銀色轎車前擠進建國高架橋引道。左搖右晃加上垂直轉彎的顛盪感，讓我在暈眩中瞥見忽忽一閃的銀色光焰，我調整坐姿，搖下車窗，又看了那輛貼上隔熱紙的銀車一眼，（很慚愧，我對車種的辨識能力幾乎是零。）想問史伯伯：「那部拉風車也是跟蹤隊的一員嗎？」才剛上高架路面，一道氣流急捲，銀色電光已從我的右側窗外呼嘯而過。

「您的坐騎不能開得更快了嗎？這種速度會『妨礙交通』的，聽說最近流行一種叫做GPS的科技產品，要不要考慮買來玩玩？也許有一天用得到。」

「不要取笑老人家。」史伯伯一眨不眨望著前方，但他的表情不像是凝視，而像是聆聽。「也不必擔心會跟丟。我只擔心……」

當然不必擔心。看著老人家右耳洞的超大「耳屎」，我當然知道跟監行動仍在警方掌握中。

「老人家擔心丟包的問題？」我也緊盯著前方車流，沒有耳機，毋須收聽，我只關心可能不會有人留意的銀色車影。

「說到丟包，小寶，昨晚我們反覆沙盤推演，研究可能的交付贖金方式，始終沒有結論。一千萬現金說多不多，不需要動用大麻袋，說少也不少，也不是小小信封裝得下。你想，那密密匝匝的厚實包裹，顯然不是用『放』的……」

車子從建國北路彎上了高速公路，漸漸擁擠的車流將我們隔離目標，落後距離愈來愈遠。

「你知道嗎？史伯伯，昨天我找 KENT 求證一件事：李駿材在高中以前是外野手，曾以野手身分入選 IBA 青少棒錦標賽國手，拿手絕活是外野球不落地直傳本壘。升入青棒後，曾在全國高中聯賽表演右外野全壘打牆前長傳本壘觸殺跑者的美技。記者公認他的臂力猶勝兄弟象當家右外野手彭政閔一籌。正因臂力超強，cheese 投得又快又準，教練才建議他改練投手。」

「你的意思是，他是丟包的最佳人選？」

銀色跑車已不見蹤影。

「我只是覺得，歹徒不是一般綁匪，而是懂得棒球門道，有備而來的專業人士。而且，帶有一些遊戲意味，又像是在挑戰什麼。」

挑戰什麼呢？一時之間我說不上來。

「你認為是當年那位E先生所為的機率有多高？」

「有點像，又不太像，也可能愈來愈像。」

「愈—來—愈像？」史伯伯加重了口音：「什麼意思？你認為整件事情不會在今天結束？」

「小心——」我脫口驚呼。一輛紅色跑車插進我們的車道，一個頓剎，又加速駛去，引發後車一連串的震顫、偏斜和打滑。

「他媽的！現在的人是怎麼開車的？」史伯伯用力拍了拍方向盤。

「小心點，搞不好是有人認出你的車子，前來尋仇的，過去栽在你手上的人太多了。」

我伸手指指那團左超右岔、快速遠離的紅影。

「管他的，怕溺水就不要去游泳。都過林口了，究竟要到哪裡去呢？會下高速公路嗎？」

史伯伯一邊調整耳機，一邊轉動方向盤，讓車身漸漸偏向外車道。「總之，你覺得今天的付款行動會以什麼方式結束？」

「什麼樣的故事在那裡等待結束？卡爾維諾說的。我會說，什麼樣的結束在那裡等待故事？什麼樣的故事在這頭等待開始？」PLUSH 之夜，我心目中的棒球大師引用文學大師的話，詮釋漫長如長途旅行的棒球比賽。「在高速公路上，你會注意什麼？收費站？交流道？目的地？山不明水不秀的枯悶風景？一個關閘就是一局過程，一個地標就是一次攻守交換。不到最後一人出局，你永遠不知道結局是什麼？老投手莊勝雄在大學時代，曾代表輔大隊迎戰文化大學隊，那真是場天長地久的比賽，雙方纏鬥超過廿局才分出勝負。不要告訴我你不知道莊勝雄是誰，他可是中華成棒隊第一次擊敗古巴隊的勝利投手。你也永遠不能預知該在哪一個交流道離開？你更不知道關鍵的一擊會在哪一棒次、球數降臨？你喜歡打擊戰？守備戰？還是投手戰？觀賞一場高潮迭起或沉悶無聊的比賽，你會『看』什麼？」

「我喜歡快速直球。快到讓人縮腹倒退的內角直球。快得教你搆撈不著的外角低球。快得讓第四棒揮棒不及的超速紅中球。我最喜歡看美國職棒那位大個子藍迪・強森的投球。」

「cheese！你說的是 cheese。」

「喂！不要再起司、優格了，有狀況。」史伯伯搖晃我的手臂。車速變慢，右前方路肩的位置赫見一部違規停車：李駿材的綠色金龜子。不只是我們的喜美放慢速度，一直跑在前面的那幾輛飆馬也全都變成彳亍踱步的老牛，漸行，漸慢，將停，又不能停……「搞什麼東西？」史伯伯話才離口，乍見高大的身軀鑽出略嫌窄迫的車廂，拎著包包，背對路面，靠在路肩欄干上，對著遠方的某處揮手。

「那是虛幌一招，這裡不可能是付款地點。歹徒想要引蛇出洞，釣出跟監的警力。不用看那裡，沒有用的。我看今天有得折騰了。」車子緩緩超越目標車時，史伯伯直視前方，面不轉向。

我點頭表示同意。前方高懸著南崁交流道的標示牌。桃園？中壢？楊梅？新竹？老天！不會一路開到墾丁吧？不對，我不覺得這趟旅程會延續到南台灣，歹徒的作風，不像是拖泥帶水之流。從先前布局來看，他們安排的付款行動：人選、路線和目的地一定經過某種安排，或者說，藏有某種用意。

「比賽是從第一局開始？到第九局結束？九子連環，周而復始。有些逆轉之戰是在九局下半二出局後『開始』，有些先發陣容實力懸殊的賽事，還沒開打就被賭盤設定『結果』。」鄭大的聲音又在腦海裡興風作浪。「為什麼觀眾會提前離場？有些比賽是在某一局開始和結束，掌握機會一輪猛攻擊沉對手的大局。」

南崁是第一局？中壢是第二局？楊梅是第三局？先前在市區兜風只是熱身？或者，金龜子的停車次數是局數？哪一次停車，哪一段路，才是決勝負的大局？

過。

「你看，來了。」史伯伯的眼神指向後視鏡。那部綠色小車飛蟲般從內側車道一掠而過。

放線。鎖定。跟蹤。等待。布陣。移位。接傳。刺殺。「Take easy！你看她的眼像一記球吻。」那個棒球之夜「逆轉」話題和情調的人物，是翩翩然降臨的「記者志玲」。事後鄭大仍不時消遣我：「在你心目中，女人和『大局』，何者為重？」

「又停了，這次站在路邊抽煙，算是『中場休息』嗎？你看下一次會停在哪裡？新竹？苗栗？台中？」

照例放慢速度，緩緩經過吞雲吐霧、貌似您閒的大個子。

清晨六點的異樣感又湧上心頭。

「你們一直教他放輕鬆，他的樣子好像太過輕鬆了，不是嗎？」我不由自主轉過頭，盯著那黑色身影不放。

「小寶，我看該放輕鬆的是你，是不是累了？」史伯伯拍拍我的左肩。

不累，不是累。不對！什麼地方不對，哪裡不對呢？

為了確定某件事，我趕忙按 KENT 的手機號碼：對不起，您撥的號碼未開機——搞什麼東西，不過，應該是那樣沒錯。

「什麼事？想到什麼了嗎？」

「嗯，可能的丟包方式。你有李駿材手上那支手機號碼嗎？或者任何可以聯絡他的方式？」

「有啊！要問什麼？」史伯伯眼中露出一種光芒，迷途者找到路標的光芒。

「問他是不是一五〇？」

一四三、一四四……中壢、楊梅、新竹、苗栗已經不重要了。如果歹徒自詡為智慧犯罪，勢必會在重要環結埋下巧思，乃至於，賦予整件事情某種意義。

當然，我也可能猜錯。只聞一旁的史伯伯對著手機嗯嗯哦哦了幾聲，又對自己衣領說了句什麼，然後轉頭對我說：「你猜對了，小寶，是一五〇沒錯，歹徒也已下了指令，不知道是否來得及。你為什麼會知道那個數字？」

「最快球速，速球型投手的球速極限。或者說，窮其一生追之不及的夢想數字。」一四八、一四九，綠色金龜赫然入目，漸行漸慢，漸漸駛向路肩的位置。「高速公路的里程數字。」

車停了，不偏不倚，停靠在數字牌前，跟蹤車隊也像圍城般逼近目標車。高大的先發投手快速鑽出車門，兩手高舉過頂，展身，擰腰，大揮臂，像拉弓射雕的箭手——他的長傳球，嗯，可以從外野直傳回本壘——史伯伯倉促停車，一個箭步上前，只見豔陽空中一道優美弧線，不算太高，也不很遠，眨眼之間，那白色壘包卻是準確掉落高速公路外側深溝後方的樹林中的凹洞——不知是巧合或是經過安排算計，我和史伯伯衝到欄干邊時，陽光正在樹林表面營造金色迷離的光影幻戲，冷風輕拂，便似有金條、銀粉灑落林間。

「你說那種球叫什麼名堂來著？這下可真要被氣死了。」史伯伯搖頭嘆息。

從我們的位置俯角下探，繁茂枝葉的下方瞧不見究竟，聽不出動靜。尾隨而來的便衣和我們站成僵直一線。

「那不是cheese，是curve，進壘角度刁鑽，讓人反應不及的大幅度曲球。」

仰頭凝望，斑斕流動，蝴蝶飛逝後留在空中的繞行虛線。

李駿材的付款手機響了，他打開機蓋喂地一聲，隨即將手機遞給史伯伯：「找你的。」史伯伯皺著眉頭看了顯示螢幕一眼，接過燙手山芋，歪著脖子嗯嗯哼哼了幾聲，然後一眨不眨盯著我，單手啪地一聲闔上機蓋，彷彿那是潘朵拉的盒子：「第九道問題，四個字，E say，先發投手不滿三局慘遭砲轟被換下，媒體和網路流傳的說法是什麼？」

e說寓言之三

「誰是棒球場上的『劈腿族』？」

「你是指緋聞鬧得滿天飛的那位新秀投手……」

「當然不是。答案是一壘手。投手應該叫做『抬腿族』。一壘手因為要縮短接球時間，必須伸手劈腿，將身體延展到極致。當年連噸位驚人的趙士強、王光輝等人鎮守一壘時，也都練有劈腿絕招。」

「台灣棒壇的『英雄豪傑』是指哪幾位新秀投手？」

「嗯……應該是C球團的林英『傑』、La new 的許文『雄』、W球團的沈鈺『傑』和曾兆『豪』。我也問你一題，『五窮六絕』是指新秀投手的什麼記錄？」

「ㄟ……是不是說E球團老是補不到年輕好手，五年窮困，六年滅絕？」

「不是。那是指新秀投手初登板的連勝記錄。二〇〇三年潘威倫技冠群倫，五連勝後記錄才告窮盡；二〇〇二年加入職棒的蔡仲南更是曠古絕今，創下六連勝的新人障礙。」

「三明治、胸罩和棒球比賽的共通點是什麼?」

「哇!這個題目太難了吧?是什麼?」

「集中效果。三明治的餡料集中,而且是朝中間擺放,魔術胸罩可以集中托高,棒球比賽貴在集中攻勢,搶下大局,一舉KO對手。」

Inning 4

KO下場

一月六日

《U晚報》的頭版刊登了震驚全國的最新消息：

E鳴驚人！詐騙綁票得逞？名投平安歸來。

該報以頭版轉三版的方式，大篇幅報導球團、警方遭歹徒戲耍的「烏龍綁票案」：

……警方籌劃多日的搶救計畫被自稱「智慧犯案」的歹徒集團「反偵破」，一連串監聽、跟蹤、埋伏的努力悉數在高速公路的丟包行動中化為泡影。C球團負責人雖宣稱「人命無價」，但就在一小時後，傳說中遭綁架的投手曾敏赫然出現在台北車站站前廣場，看起來神清氣爽，春風滿面，並對一擁而上的記者驚訝反問：「綁票？我看起來像歷劫歸來嗎？」據悉，曾敏「失蹤」的這段期間，並沒有遭到暴力劫持，而是遠離台北，前往新竹山區的白蘭部落休養沉澱，為即將展開的職棒生涯預作準備。聯絡不上是因當地收訊不良……

「一擁而上的記者」裡當然包括快要氣空力盡的我：清晨六點的「極早點」早在上高

速公路前消化殆盡。好不容易趕回台北，想吃頓「下午飯」（已是下午兩點過後）時，先是收到神祕簡訊「正牌KO，尚未下場」，隨即接到採訪主任的來電：「趕快去台北車站，曾敏就要現身了。」「你怎麼知道他會出現？」「有通匿名電話……趕快去，寧可信其有……」

三小時後，台北市警局附近的統一超商的報架前（我趁空檔想買個御飯糰果腹），熱騰騰的晚報大餐像根偽裝成胡蘿蔔的棍棒，將我敲得眼冒金星。

震驚，反胃，腹痛如割，欲哭無淚——我無法用言語表達我的感覺和意識。那團冰縮無味的飯粒，就這麼鯁在胃裡寒在心裡，陪我消受接下來的漫漫長夜。

「怎麼啦？你的表情好像遭到連番痛擊，被人KO下場？」在車站廣場前，小劉一把捉住搖搖晃晃、駝背彎腰的我。

「沒事，我還好。」我望著笑瞇瞇看我的小劉。奇怪了，烏雲散盡，海闊天空，為什麼陽光下每一張笑臉都像是在嘲笑我？我決定不告訴這些同業今早發生的事，以免我也變成新聞人物。「奇怪，怎麼大家都知道曾敏回來的消息？」

現在回想，那時的小劉可能已經獨力完成整版報導。相形之下，《T晚報》只刊登小小一則「截稿後最新消息」，顯然是落版付印前臨時換稿。

「你不知道嗎？有位自稱『E先生』的人急電通知……」

一陣騷動，千軍萬馬湧向陽光燦爛的明星人物。「恭喜你平安歸來，請問這段期間你在哪裡？」拎著麥克風的記者志玲率先搶灘成功，嬌豔的眼神嘴角閃現狐媚的風情。「你的身體狀況如何？有沒有遭到暴力對待？」「現在的感覺怎麼樣？」急亂無章的七嘴八舌，對著飛揚冷漠的明星笑靨，一種和孤兒院特有的孤倔頑強不同的從容世故——好像，早已料到此情此景而備好適當的臉譜來面對。「沒聽說綁票案？那你為什麼會失蹤？到哪裡去了？」我注意到曾敏背後一閃即逝的美女身影，遠遠地，似笑非笑地，用一種斜睨的姿態瞅著廣場上的騷動。（她應該是和曾敏同行的女子吧？）「我想自我沉澱，思索未來的方向，才不會辜負千萬球迷的期待。」呿！史伯伯若在場一定會說：「這是預先背好的講稿吧。」我用力穿越人群，試圖接近更前方的美女目標，不料在和曾大投手擦身而過時被他反手捉住：「好久不見了，小寶哥，聽說你進了報社，近來可好？」

飢餓、頭暈和逆光的感覺害我眼前一黑，等我定神回眸，翩翩花蝴蝶已不見蹤影。

◆

根據曾敏的筆錄，十二月廿八日夜晚，他在長春路某知名夜店邂逅美女球迷 Angle，兩人相談甚歡，「蓋棉被，純聊天」到天亮仍意猶未盡。在 Angle 的建議下，兩人又相約到深山僻壤的白蘭部落祕密跨年，「沉澱」、「思考」未來走向。原訂一月三日返回台北，和C球團完成簽約儀式，但因簽約金不符預期，和Angle的相處又頗為愉快，曾敏表示，「於是多停留了幾天，也想藉機測試自己在球團眼中的分量。」

曾敏對私自出遊引起的綁票風波「深感抱歉」，但絕對沒有故弄玄虛的企圖。一場失蹤疑雲為何演變成詐騙案件？歹徒為何熟知曾敏的去向，巧妙利用時間差，製造假綁票案得逞？以及，那位「女球迷」的出現時機、行為動機……凡此種種，曾敏一概提不出解釋。警方不排除朝「色誘犯罪」的方向繼續追查此案。

一月八日

曾敏涉嫌？曾智偵、羅敏卿等賢拜從此賦閒？

本報體育版的頭條標題。

棒球界熱鬧多事的一天。L球團的「釋出三寶案」和曾敏「踏進職棒第一步」的簽約記者會在同一個下午舉行。

簽約儀式加上綁票疑雲的新聞效應，又讓記者會場人山人海。相隔三條街的另一個場子——L球團的說明會，則顯得人影寥落，連同我和鄭大這種越線旁聽，不是為採訪而來的記者，總共不超過十人。

「咦？鄭老大你也來了？怎麼不去追綁票詐騙案？」相視一笑，我的心裡湧起一股暖暖、甜甜，他鄉遇故知的驚喜感。

「那種烏龍家家酒？等警方偵破三一九槍擊案再說吧！」手握Starbucks外帶杯的鄭大仰頭灌了一口：「不如和你喝咖啡，聊是非。」

「偵破三一九槍擊案？你在說天方夜譚吧！」

「是警界笑譚。」鄭大湊近我的耳朵：「告訴你，不久以後，刑事警察局就會不定期召告天下：掌握最新證據、查到最可能的嫌犯、案情有重大進展、即將破案、瀕臨破案、形同破案之類的，慢慢等著看好戲吧。」

搖搖頭，我想到半小時前轟轟沸沸的簽約記者會場，媒體砲口一致的質詢：「決定付款前，為什麼不先確定綁架案的真實性？肉票是否平安？」

「呃……各位新聞界的朋友，你們也知道，曾敏沒有家人，是在孤兒院長大，歹徒又狡猾無比……曾敏是台灣職棒的明日之星，也是球團今年奪冠的重要指標。」領隊支支吾吾地回答：「我們寧可被騙一千萬，也不能讓千萬球迷失去希望。何況……」

「何況，錢袋裡暗藏了追蹤器。」那時的小劉悄悄對我咬耳朵：「只可惜，警方忙了半天，最後在苗栗某垃圾場找到空包一只。據研判，是歹徒取款後利用不知情的垃圾車『轉運』罪證，目的是戲弄警方……喂，你要去哪裡？」

快步離開是非之地時，領隊正說到：「……何況，人回來了就好……」

「不是放棄，而是透過球員釋出達到戰力調整。球團的目標是年輕化、即戰力化。」眼前的領隊也是一臉尷尬。

「是為了省錢吧。把勞苦功高的老球員片面釋出，這叫做不告而殺。」鄭大露出不以為然的表情。「你的看法呢？小寶。」

我正低頭看著四天前 KENT 寫給我的便條紙：曾、敏、賢、鋒、輝、郭，曾智偵、羅敏卿、陳政賢、柯建鋒、吳昭輝、新人投手郭文居。

「小抄啊？」鄭大整個人靠過來，肩膀貼著我的肩膀。「哦！是釋出名單。我不知道你怎麼想，但我可以斷言今年的L球團不太好過。所謂『成本』不等於成功之本，省小錢而損大將往往得不償失。前幾年台灣大聯盟一口氣逼退所有從中華聯盟轉枱過去的選手，呂明賜、黃平洋、陳義信等等，沒多久就撐不下去，被併吞了。職棒五年E球團完成首度三連霸，卻在登峰造極時砍掉陳彥成和有『福將』之稱的王俊郎，結果一蹶不振，又遇上球員跳槽事件，戰績墊底了好幾年，直到職棒十二年，補進陳致遠、彭政閔等二代象好手，才拾回榮耀，創下第二個三連霸……」

我沒有開口，連姿勢都刻意保持不動。一股暗香，一線微熱，介於檸檬黃和薰衣草紫的能量氣息，在兩具互不相干也非相吸的軀體間靜靜流動，像一齣身體的寧靜革命。像是，似曾相識的傷痛引燃的模糊感動，讓我陷入口不能言的失聲狀態。

「其實是為球員著想，希望他們及時規劃未來或轉換跑道……」台上的聲音從九霄雲外傳來，一種不真確，像是經過音效處理的顫動。

「不過，去年才和S球團爭冠失利，現在就急著整頓人事，不是很奇怪嗎？羅敏卿在總冠軍賽還有滿貫全壘打的演出，也就是那一擊，拿下第一勝，後來才將戰事推進到第七場。『恐怖分子』陳敏賢也是在關鍵時刻的代打不二人選。還有元老級，從總教練回任球員，有『一代鐵捕』之稱的曾智偵，唉！口口聲聲『成本考量』，忽略了人本思想，看來，『統派』球迷的心一定碎了。」叮叮鏘鏘的錯落弦音，在我的耳畔、顱內迴旋。還是不轉身不動彈不答腔，我正在豎耳傾聽聲音裡的聲音……清晰、渾沌交織的兩種現實聲浪之間，幽幽流淌如伏流的記憶迴響，驚蟄之夜穿梭室內若有似無的蚊鳴。

「你是練捕手嗎？為什麼蹲下來接球？」嬌巧悅耳的笑聲像是答錄機裡永不消去的留

言。那時的我脹紅了臉，低頭凝睇甩潑在草地上的身體碎影。

「你在練龜息大法嗎？金庸筆下的韋小寶有練過這門功夫嗎？」兩根修長手指在我鼻間晃動，我嚇了一跳，連人帶椅本能地縮退，發出椅腳和地面劇烈輾磨的聲音，在略顯空曠的室內擦撞。

台上的發言頓停。所有的目光都集中到我身上。

「Take easy！小寶，你很容易陷入出神狀態唷！」瘦骨卻溫熱有勁的大手拍撫我抽搐的背。忽然很想問他：「鄭大哥，你練過投手嗎？」話到喉頭又忍住，因為回憶又跳到 PLUSH 之夜，關於記者志玲的一語雙關：「Easy？Easy comes？Easy goes？」「呵呵，你想 Take easy？還是「Tag Easy？」小劉涎著嘴臉的黃腔。

「從此出局，離開球場？沒那麼嚴重啦！」台上之人的神情愈見緊繃、凝重。「他們如果有自己的生涯規劃，我們當然予以尊重。或者，不排除讓他們轉任教練。」

「可是，貴球團不是已經有一倉庫的教練，你們不怕有一天教練比球員多嗎？」剛進門的 KENT 大聲發問，同時對我招手。

「呃……這個部分，可以，再討論，再商量。各位媒體先進還有什麼指教？」苦笑。擦汗。局促不安。倉惶四顧。

「關鍵在於『年輕化』的政策。連網路上都爆發E世代和F世代誰『當家』的爭論。」KENT一屁股滑進我的右方座椅，隔著我對鄭大點頭打招呼，隨即小聲說：「這幾年L球團大力栽培新人，像羅國璋、吳俊良這些不算老的選手都已高掛球鞋，『榮升』教練。之前又一口氣補進國手級的年緯民、林岳平、高志綱等業餘頂尖好手，你想，那些老傢伙哪裡還有表現空間？球團當然精打細算，新增的開銷扣除省下的成本，如果等於或小於戰績的成長空間，何樂而不為呢？」

「可是……」我沉吟著：如果新增明星人氣減老將的安定士氣，小於球迷的負成長率呢？球迷的痛苦指數，遠大於試算表上的盈虧數字呢？

「問題是，如果球員只想繼續打球，不願轉任教練，而成績證明他們寶刀未老，請問，球團會『尊重』他們的意願嗎？」發問的人是鄭大。

一陣響動，好幾位神色倉惶的球團人員快步進門。其中一位半跑上前對領隊耳語——只見他表情丕變如撞邪，微紅的臉頓時鐵青，原本不斷滴落的汗珠忽地凝在額眉，像閃亮的墜子。

e說寓言之四

「打者中向來不乏左右開弓的健將。在赴日發展的新秀投手中，誰最想換邊投球？」
「左投吳偲佑，我思右也。不過，我最思念的是從前在右外野後方的日子。」
「退休投手中，誰是黃衫軍E球團的天生啦啦隊？」
「退休投手……？可不可給個提示？」
「也是『熊』字號的投手。」
「不行，熊熊想不出來。答案是什麼？」
「前俊國熊隊的黃杉楹，黃衫贏是也。」
「我也問你一題，日本投手中為什麼難得一見投蝴蝶球的高手？」
「因為……那種球很難練？」
「不對！答案是：都是巨蛋惹的禍。」
「怎麼說？」
「蝴蝶球的特色是『乘風而去』，利用球體縫線和大自然氣流變化球路。無風的巨蛋空間，當然不容易看到翩翩蝶蹤。」

「名字帶有『統派』色彩的L球團的終極目標是什麼？」

「台獨——台灣獨一無二的冠軍隊。」

Inning 5

三缺*E*

一月十二日

什麼樣的故事在那頭等待開始？

電話線的另一端，是小劉鏗鏘起伏的語調：「太帥了！綁票疑案果然有續集，真是一波三折的好故事。採訪這個比到命案或自殺現場有趣多了。喂！小寶，你覺得這夥人和前幾天的綁票詐騙集團是同一批人馬嗎？」

一波未平，一波又起。這回輪到「釋出三寶案」主角L球團遇上麻煩：公告釋出名單的當天，接到一封剪貼字體拼成的恐嚇信，信上只有一則謎題式的問句——「E say，三缺E，猜一名失蹤球員。提示：職棒轉播權之爭……」

那天的說明會上，我已經接到史伯伯的來電：「小寶，恐怕又有狀況了，你正好在L球團的記者會？找個安靜的地方，聽我說……」

「喂？你有在聽我說嗎？你猜得出那個人是誰嗎？這幾天L球團剛好放長假，我知道球團正在緊急聯絡球員，警方和保全公司也已介入這件事，但他們對外一律封口，你知道是誰嗎？」

告訴你謎底，好讓你再發搶先報來糗我？鄭大說得對：「記者守則第四條，好記者是神鷹，千里翱翔一擊必中；壞記者是禿鷹，專靠死屍腐肉過活。」

「我又不是知了。連你這種包打聽都不知道，我怎麼會知道？」我覺得小劉不是禿鷹，而像是《齊天大聖東遊記》裡的唐三藏——一隻惱人的蒼蠅。

「少唬爛了，有什麼事是你這顆鳳梨腦不知道的？」媽的，又在取笑我的長相。「你一定知道是誰，對不對？」

「歹徒的『提示』再清楚不過了，你想，最近鬧得不可開交的轉播權之爭，有哪些頻道名列其中？」那天提前離開記者會的我，走在一條陰暗小巷，對著手中的黑盒子（不知為何，我一直不喜歡這只手機）低語。如果有人跟蹤我，一定會覺得我是個笨拙的情報員。

「好像是緯來、民視什麼的……」史伯伯不確定的口氣。

「是緯來、民視、年代和 ESPN，四家頻道爭食轉播大餅。其實從去年六月開始，境外頻道 ESPN 就像打麻將插花般，提出優厚的條件拉攏S球團，加入這場方城大戰。」那時，我的身後，響起自遠而近，輕微但清晰入耳的腳步聲。

「所以，『三缺E』就是去掉 ESPN，剩下緯來、年代、民視……哦，我知道了，再各取一字：緯、來、年、代、民、視，是不是『三小金雞』之一，那位身價不在曾敏之下的奧運國手年緯民？」

「喂，會不會也是職棒一年級生，『三小金雞』之一？」傳進左耳的現實聲音是小劉的尖銳嗓音，打斷了我的回憶，像是插播電話。

「年緯民是近年來國寶級的一壘手，他的劈腿接球被喻為『具有芭蕾舞姿的美感』，也是L球團的選秀狀元。他的身價也許沒有曾敏那麼驚人，巧合的是，曾敏是孤兒院出身，而他是父母早亡，獨自打拼的原住民。都是孤家寡人一個。是不是他，你去向L球團求證吧。」背脊發冷，背後的腳步聲愈靠愈近，我快步走出巷口。天啊！萬一是變態狂怎麼辦？

該怎麼因應小劉的緊迫盯人呢？此時此刻，握著電話躺在行軍床上的我苦思擺脫之道。「應該不脫職棒一、二年級生的範圍吧？沈鈺傑？曾兆豪？莊宏亮？張健銘？林岳平？林智盛？石志偉？杜章偉？田家安？喂！好歹你也學那個『E say』，給個提示好嗎？」不想回答，又不能不應付，我隨口掰了一個謎題：「哪一個球團稱得上是『高手雲集』？」「哪一個球團嘛……我對棒球又不是很熟，這要從何猜起？」「自己去查資料，不知道就找人問。」掛上電話，我終於脫口大笑，不是因為想到小劉抓腦搔腮的猴樣而開心，也不是取笑他的無知。（能夠一口氣唸出九位職棒新人的大名，怎麼可能沒有棒球知識？）而是……而是一種說不出來的荒謬感，口是心非對上答非所問，Pitch out 戰術遇上打帶跑。小劉基於職業本位，當然有理由這麼問。我的欲言又止，也是出自某種本能。

暗巷裡的腳步聲意味著什麼呢？那天下午，快步走上林蔭茂密的人行道時，還是忍不住回看已朝反方向遠去的聲音主人一眼：灰色大衣、參差白髮、瘦長身形的背影。讓我驚心的身影。我不會記錯，去年底在丹堤咖啡窗外驚鴻一瞥的路人。

打開久未使用的電子信箱，意外收到「她」的mail：

Dear Babe：

最近好嗎？聽說台北今年的冬天特別冷，要好好保重自己唷。

我在網路上看到那位天才投手曾敏的新聞。天哪！怎麼會有棒球綁架案？是真的綁架案嗎？還是詐欺騙錢呢？台灣社會究竟怎麼了？我的大陸同學都在問我：你們那裡為什麼每天都有那麼多人行騙？那麼多人上當？那麼多人不快樂？那麼多人尋死尋活？知道我怎麼回答嗎？我說呀，因為現在的年輕投手抗壓性不足，鍛鍊不夠，一上場就緊張出錯，一出狀況就頻頻暴投——除非，他們遇到一位好捕手，任勞任怨，默默承受一切，不會捕逸的好捕手。

人與人之間，人與社會間，可不可以只是一種單純的投捕關係？

啊！窗外的雪融了，銀白淡藍，粉紫流金。很冷，也很熱。還不是最冷的時候。我知道，農曆春節前還有一波更強大的冷氣團南下，台灣也在寒流籠罩範圍內吧？你好嗎？站在新聞最前線奔波的你一定很辛苦，很勞累，常感到很沮喪吧。

想著你，知道我想到什麼畫面？

半蹲在烈日下，瞇著小眼睛接捕烽火流光的英姿。

永遠祝福你的 SHE 上　1.10

◆

夢境內容變了。

不再是投手，而是蹲縮在世界邊緣的捕手。我的背後，是閃爍不已的目光。電光一線，不及眨眼的快速直球撲面而來。我聳起上半身，雙膝跪地，張開貝扇般的手套，準備像葫蘆收妖那樣吸納雷霆萬鈞的能量——鏘地一響，不是球棒擊球的聲音，（音效不對，木質球棒不會發出金屬撞擊的響聲。）是球快過身體反應直接命中罩門——我的鐵製面罩——的聲響。怎麼回事？反應不及？看錯暗號？控球失準？眼冒金星的轟然感混淆了我的判斷，說時遲那時快，三道明暗相間，有直線有螺紋有大幅度彎繞而且速度不等的球影砸中我的額頭、下巴和左肩。

我的前方，是看不出虛實動靜的沉默山丘。

◆ 一月十五日

轉播權大戰爆發了。

從協商不成到各自放話再到S球團不惜讓ESPN「獨家轉播」所有主場球賽，所有的媒體都傻眼了。

「快！快去追蹤後續發展，最新的條件是什麼？今年的職棒賽會怎麼安排？」採訪主任整天掛在嘴上的叮嚀。KENT忽然變成編輯部的焦點人物，每位同事見到他就問：「S球團為什麼堅持讓外人插一腳？」「開幕戰前，轉播問題能擺平嗎？」偏偏，「皇帝不急，急死太監」（如熱鍋螞蟻的媒體對各球團的保守作風的評語）。這段期間理應最忙的KENT反而三番兩次告假，連我都不容易找到他。影劇組的同事Anita透露：「不騙你，KENT和那個『記者志玲』有一腿，週刊記者無意間發現他們兩人的親密手機照，臉貼臉鼻子碰鼻子的那種。幸好這個『志玲』不是真的林志玲，否則KENT就會和那個言承旭一樣紅了。」

幸好大家的注意力都放在棒球新聞，採訪主任忘記逼我去挖掘綁票案的後續進展：曾敏案的真相？第二波綁案名單？以及，警方偵辦中封鎖消息的某小開勒贖案。

「綁架！簡直就是綁架！過去球團即聯盟，領隊權力大過聯盟主席的密室政治根本就是綁架職棒運動。」螢光幕裡，S球團的負責人大聲疾呼：「公開招標，公平競爭，讓一切回歸市場機制，也給有心投入職棒轉播的新伙伴一個平等立足點。」

很耳熟的說詞，不陌生的畫面。找不到KENT，我打電話給鄭大，也許熟諳棒球典故的他有特別的看法。

「覺得似曾相識？『一個轉動的車輪，就要一直轉進永恆中去了。』馬奎斯寫的。Dejavu，既視感，明明是第一次看到，又好像曾經見過。也許你不知道，當年職棒聯盟的分裂，就是因為緯來和年代的頻道大戰。緯來出天價標下三年的轉播權，使年代鎩羽而歸，憤而和未能加入職棒行列的聲寶集團另組『台灣大聯盟』，和初萌芽的中華職棒聯盟展開一場兩敗俱傷的焦土大戰。曾經風光一時的名將黃平洋、呂明賜、陳義信、李居明等人，都在惡性挖角情況下淪為過河卒子。後來的情況你可能就清楚了，撐不下去的台灣大聯盟終於回歸中華職棒，兩聯盟合併加上二代象的三連霸，球迷回巢，人氣竄升，台灣職棒終於春風二度。這幾年緯來和年代也才懂得攜手合作，均分職棒轉播大餅……」

哇！他是在說書？還是背書？（不過，我還是喜歡聽他滔滔訴說一九七〇年代的少棒風雲，對我而言，那個無從證實無緣參與的時空，就像是《哈利波特》的世界。）為什麼那個年代長大的人「記性」特別好？（我的同學、同年齡朋友常處在莫名焦慮、沒來由苦悶和無厘頭亢奮狀態，而且事後即忘。）是因為他們飽經滄桑，懂得珍惜？還是在抗拒避免不了的過氣和衰老？

「你是說，因為嚐過分裂的苦，所以決定聯手寡佔，制定『反分裂法』，不願『外國勢力』介入？」

「也不能這麼說。台灣職棒和美日職棒的生態不同，商業機制也不一樣。基本上，我們還停留在土法煉鋼，閉門協商的階段，幾位球團大老就決定了一切。譬如說洋將名額，本來只用三位，說是保留本土球員的生存空間，後來又增加為四個，說是要增加比賽的精彩度，反正他們怎麼說怎麼算。不過這部分還好，人治也有人為操作的可看性，只要不是放水打假球……」

他是在講古？還是講道？這部分還好，問題是他老大哥說話的速度快得教人來不及作筆記。我不得不打斷他：「等等，你是說，轉播權之爭會演變成當年險些消滅職棒運動的簽賭風波？」

「跟風、盲從、躁進、爭食、毀滅……利之所趨，眾流合汙，這叫做『職棒併發症』，或者稱為『台灣症候群』。這個社會什麼都有，唯獨欠缺『運動精神』。啊！扯遠了，你也不必太過擔心，開幕戰一定會如期開打，各家球團和電視台自有他們的解決之道，『放水』不一定是要打假球……」

「那是要做什麼？」

「和稀泥啊。」硬如磐石的俐落回答，充滿嘲諷的自信語調。我的耳邊又響起初識之夜這位老大哥的調笑：「E世代的人說你們F世代像草莓，草草了事，沒頭沒尾？呵呵，那我這種LKK叫做什麼世代？D世代嗎？……」

收線後不久，我的手機簡訊鈴聲翩然響起，又是神祕先生密碼：三人成虎，後繼無人的敗象已現。

一月廿五日

從那天起，轉播權之爭變成名符其實的一波三折：放話、協商、談判、談判破裂、各行其是再到急轉彎的「重啟協商大門」。短短數日，各類說法、各種版本紛紛出爐：有「聯盟再分裂說」（傳言S球團有志另找H財團和E頻道籌組E.H.S.聯盟），有「一場兩播說」（同一場次兩個頻道同步轉播），「一國兩制說」（同一聯盟並行兩套迥然不同的制度），「三名主義統一中國說」（由L球團發起，邀集E、W兩支老球團赴大陸發展，條件是黃金三劍客必須放棄康師傅，改替阿Q桶麵代言）、「五支欺負一支說」（S球迷在網路上留言，抗議其他五支球團聯手抵制S球團）、「兩地開打說」（開幕戰同時有四支甚至六支球隊交手，兩大頻道系統各為其主，拼人氣，爭廣告，也比收視率）。

各方仰首翹盼，期待圓滿收場的心意，就在「每日一說」的折騰下消耗殆盡。枱面下的新聞──「一波三折事件」的第二波，卻選在這個時候爆發，透過同一格式的第二封神祕信函：E say，猜不出來嗎？你們當中已經有人知道謎底了。再給你們一個提示：**誰是棒球場上的劈腿族？**

「我才是勞碌奔波的跑腿族。」又是「神鷹幹探」史某某的急電：「小寶，我正要離開L球團總部，他們終於感到事態嚴重，這一回又要成立專案小組了。真是一個頭兩個大。」

「三個大，我最近已經睡不好，不要再來折磨我了。」我虛握右拳，按壓隱隱作痛的右側太陽穴。

「問題是你猜對了，應該就是年緯民。幾天前我就提醒球團，當時的他還在和隊友聚餐，看不出異樣。球團只看作是無聊球迷的惡作劇。等到今天收到第二封信，就已經聯絡不到那位選手了。」

「信上寫什麼？」又是連環命題嗎？

「『誰是棒球場上的劈腿族』？是一壘手沒錯吧？我看過年緯民的資料，他曾當選IBM青棒錦標賽的『最佳一壘手』，有『王光輝第二』之稱。」

「唉！太神了，恭喜您老人家就快要破案了。你史爺爺也守過一壘呀，只是一身老骨頭，已經不適合劈腿了。」

「你這個壞小子壞嘴巴，小心被風閃到舌頭，破——病。」哇！山東籍的老爺爺居然冒出一句閩南語。

「傷風感冒沒關係，只要不是破傷風就好。」不知為何，十四年前那個熱力四散的冷雨之夜又在腦海一掠而過。「好啦好啦，不消遣你了，有一件事我一直想確定，總覺得，和歹徒的布局方式有關。」

「什麼事？」

「年緯民的……等我一下——」滿臉喜色的KENT大搖大擺走進辦公室，逢人就嘻哈問好。我趕忙關上手機衝上前，截斷他的「嗨，好久不見。」一把抓住他：「你知道年緯民吧？L球團的新人……」

「我當然知道，L球團去年大力補進新人，聽說包括年緯民在內的九名新秀，光是簽約金就要花掉二千萬。年緯民怎麼啦？」他的笑意轉為試探性的狐疑。

「他有英文名字嗎？」

「KOREA，他取這個名字是因為特別喜歡和韓國隊交手。你一定不知道，他曾經從韓國夢幻隊——由職棒球員組成的國家代表隊——王牌投手朴贊浩手中擊出過安打。喂！年緯民怎麼啦？」

「沒事，隨便問問。」我心慌意亂轉身走開，帶著手機準備在辦公室以外的角落回覆電話：關於「KO下場」的含意，也是關於九子連環，首尾相生的命題模式。只是，這段期間一直盤踞腦海背後的暗祟陰影又蔓爬而來，有人在跟蹤我？監視我？設局布陣請我入甕？不敢回頭不願多想，我匆匆按了下樓的電梯鍵。

一月廿八日

「所以，『KO下場』是指KOREA年緯民變成歹徒第二波行動的男主角？你覺得是真綁票還是假詐財？年緯民會不會也被『安排』到某個溫柔鄉去消受美人恩了？」

坐在霉舊的藤椅上，我被凌亂酒櫃裡一幀男女合照深深吸引：男的是年輕時代的史警探，面貌娟秀、小鳥依人的女子應該就是史伯伯口中的「徐阿姨」——我從未見過，帶給他刻骨銘心回憶的舊情人。

「球團正透過各種管道，看能不能聯絡上他？歹徒遲遲沒有進一步指示，是在玩什麼呢？不過，他的隊友說，他目前好像沒有女朋友，也很少和球迷，尤其是女球迷接觸，算是沉默寡言、苦練出頭型的球員。也沒聽說他上過夜店，只是偶而打打衛生麻將……」

苦戀的人，是不是就只能埋頭？環視狹窄的一房一廳，因為乏人照料而雜亂不堪的室內空間，酷似獨居老榮民的窩處。唯一的異質畫面反而是那張泛黃照片——它是新的，雖然我很少來訪，室內的「回憶沉澱」（孩童時的我曾問：「為什麼你家裡放著這麼多沒有用的東西？」「那叫做沉澱的回憶，有用的垃圾。孩子，等你老了就知道。」）一年年累增，而且愈堆愈亂，但我從未認錯它們的位置、順序。我很肯定，「她」是新的，是最近才擺放上去的。

「低頭不語想什麼呢？」一盒麥香紅茶遞到我眼前。「有人說，隔代教養的孩子心思、氣質比較老沉。我雖不是你的親爺爺，也算是看著你長大，就像看著你父親……唉！不說這個，我一直擔心你過於少年老成，自從你放棄『不良少年』的志願後，變得獨立自主，發憤讀書。好幾回，我看著你在超商加班打工，回去又熬夜苦讀的模樣……」

「她就是你的最愛嗎？」接過紅茶，我突然插嘴轉移話題。一聲輕問，最單純也最模糊的欽羨，甜甜暖暖酸酸涼涼的詩作無題。

鴉雀無聲的停格時空。只有無言目送像是岔散又似疊合的儷影漸行漸遠時，腦中繞樑不絕的迴響：「你會懷念成為過去的某件事，不在眼前的某個人嗎？」

「栩栩如初，歷歷在目。就像重看四十多年前淩波、樂蒂主演的《梁山伯與祝英台》的感覺。至於是不是最愛？」老人家露出半疑問半茫然的神情。「『愛』這個字好像不是我這輩人或我這種人的字眼，你們年輕人常用的『情欲』、『狂愛』、『多P』、『轟趴』我聽不太懂，我熟悉的詞彙只有『專注』、『緊咬不放』、『不眠不休』和『轉車』——因為工作的關係……也許我錯了，把專注用在你們的最愛上，我的下半輩子，會不會變得不一樣了呢？」

會不會不一樣？未嚐情滋味的我不知道，但至少，那幅 3×5 的圖景會放大，破出相框、櫥櫃，變成溫暖客廳×親密臥室，一個「家」的格局。

「你後悔當初的選擇？」一個奔波賣命、盡忠職守的年輕警官，一位渴望安定、尋求歸宿的妙齡女子。港式警匪片最常見的情節。如果換一個方向發展，會有個恩愛美麗的結局？

「不後悔，只是難以釋懷。」歷經世事的老人家變成愛情學分不及格的輟學生。「好像有人說過，一個人的個性會決定他的格局，格局會決定他的結局。反正孤家寡人一個，我現在只想偵破這樁彷彿惡作劇的連環綁票詐欺案，然後光榮退休。」

「惡作劇嘛……」眼睛盯著笑容燦爛的照片，視焦卻落在斜角、陰影和交叉線條的虛幻構圖。

「怎麼，你想到什麼?」蒼涼喟嘆又轉為鶴唳狼嚎，老先生的眼睛又亮了。

「我想到最近流行的『犯罪網路』：以世代為分界，各個世代的網友競相宣告自己的『變態想像』、『猥褻經驗』、『暴力主張』和『犯罪計畫』，其中有一格『E世代宣言』，說法最為怪異、殘忍，譬如說，『將小貓夾在捕鼠器裡，慢慢欣賞它餓死。』『公開在網上綁架自己的寵物兔子，脅迫網友集資當作贖款，否則就要現場轉播三杯兔的處理過程。』各種犯罪主張中，又以詐欺、綁票、色情或結合色情詐欺綁票為最大宗。還有人立志要開設『犯罪連鎖店』，詳細羅列一百多種犯罪模式、難易度、達成率和刺激指數，鼓吹網友入股。史伯伯，你們最好派人盯一盯，說不定會有線索。」比較起來，我這個F世代的人好像落伍了。很慚愧，我的網路興趣只限於找資料、談棒球或偷看色情圖片。

「小寶呀!他當然是男生，不敢追女人的超齡處男。呵呵，唯恐碰壁，只好『戮壁』，沒有欲望，只能想像;他只敢偷偷上色情網看養眼照片……」缺德的 KENT 常在異性面前公開我的糗事。

「你懷疑網路上的天方夜譚和現實犯罪有關?只是，詐欺、綁票或是結合綁票、詐欺的犯罪手法，早就是現今的主流模式。你平均每天收到幾通詐財簡訊或色情電話?你知道，警方的機密檔案中，有多少件『偵辦中』的案子？」

「我可以想像。我想到的是『想像』的形成，『主張』背後的意識型態，除了追求刺激、金錢、好玩，有沒有自以為是的『意義』？他們想表現什麼？經由為非作歹、標新立異來表達他們對社會的看法？對這個世界的詮釋？如果真是有意為之，他們制定的每一環節，進行的每一步驟，就會充滿了設計性、一語多關的隱喻、洋洋灑灑的暗示，像邪惡的工匠一磚一瓦打造魔鬼的房子。」其實，我不很確定「意義」和「設計」的問題，只是模糊感應到背後那幅尚未曝光的藍圖。

「小寶，你好像是在說當年的『E事件』，那位E先生——那時還是位年輕人吧——就是滔滔大論、自作聰明，又以『為台北巨蛋請命』為訴求的壞胚子。不過，你不認為這一連串針對棒壇而來的行動是那傢伙在故技重施？」史伯伯的語氣裡夾帶著一種半詢問半試探的意味。

「不要疑神疑鬼了，老爺爺，憑您豐富的辦案經驗，用鼻子聞也知道不是同一掛人。」

「神鷹幹探」史警官，您老人家想一案兩破？「當年的E先生是單槍匹馬作案，如果你們警方的資料沒有錯誤的話。現在的『E say』集團，既然稱作『集團』，就是結夥犯案的意思。」

「何以見得是集團？」試探的成分提高了。

「從規模、從手法，從那種嚴絲合縫，必須分工合作才能嵌配完成的計畫步驟。更簡單地說，從文法……」

「文法？」

「是啊！如果E是單數，那句起手式應該叫做『E says』吧，除非『那位』自稱智慧犯罪家的仁兄想要被人嘲笑英文不及格。」

「這麼簡單？歹徒這麼輕易就露餡？」刻意挑釁的語調遮掩不了認同的眼神。唉！就是這種眼神，我的平庸生命裡的魔鏡。

「不簡單，那只是遊戲入口。暴露也是隱喻的一環。層層揭發也就是重重迷陷。他們從一開始就設計好『隱』和『露』兩部分；有些地方看似困難，實則簡單；某些關節好像單純，其實複雜。我在某本小說裡看過，『不露才是最大的暴露，暴露反而形同遮掩。』暴露什麼？遮掩哪樁？有時，簡單問題正是困難謎題的導讀；或者，複雜算計其實是通向某個單純幼稚的核心。」糟糕！我變得和鄭大一樣，喜歡長篇大論。「就像脫衣秀，只穿不脫或一脫到底都不能引人入勝。這一連串的謎猜，某些謎題是謎中有謎，有些謎底又是另一道題目，很像霹靂布袋戲經常出現的口白：『局中有局，變外生變。』我超愛看的，比讀江戶川亂步得獎作品還爽。在某種意義上，歹徒是以編劇自居，筆名就叫做E：一種團體發聲或世代宣言，設下連環巧局，引君入甕……」

「那也得要有人能接得了招，再好的作者也需要讀者吧，是不是呢？」

一陣顫慄，沿頸脊而下的冷刺電流感。史伯伯忽然迸出的這句話，將我推向夢中孤立無援的情境。

「你說的可能是對的唷！我老人家不喜歡在文字上動腦筋，這些小孩猜謎遊戲我不拿手，只知道在行動上費功夫：埋伏、跟監、守候、蒐證、根據證物研判……有時方向錯誤，好幾個月的努力付諸東流；有些埋伏行動持續數週，等到破門而入，竟是人去樓空……」

「你曾經放棄過嗎？」望著鎮守一壘的史伯伯，等候他的回傳球。

「會生氣，會難過，會沮喪，但從未放棄。」快得讓我應接不及的速球。我早該明白，「棒球先生」、「足球先生」、「神鷹幹探」之名，不只是在能力，更是在態度，鄭大經常掛在嘴邊的「專業」。

「不是我瞧不起新一代的球星，你看『K金戰士』陳致遠，不修邊幅，還常鬧花邊，難怪打亞洲盃吃了十一記老K。『緋聞王子』曾敏更不用說，他要是有曾智偵的三分之一靈活，羅敏卿的三分之一老練，陳政賢的三分之一鬥志，就可以改名曾敏『賢』了。彭政閔還算不錯，態度及格，球技仍有進步空間。想要蟬連打擊王，創下『打擊王連霸』的記錄，還得面臨嚴苛的考驗。今年洋將名額增加，那些小聯盟來的洋槍洋砲不會讓他好過的……」

不行，不能想那個人，一想到他孤倔臭屁的模樣，那些格言、守則、高論和大道理就像拖粽子般，牽一個扯出一大串。

「你知道如何度過不好過的日子？」見我發傻，（我只是忽然分不清發話者是誰？老人家史大隊長？鄭大記者？）史伯伯自顧自地演說：「讓那些為非作歹之徒更不好過。只要我們鍥而不捨，他們就得繃緊神經。任何一絲破綻、一個漏洞、一句口誤，就可能讓天衣無縫的計畫決堤——」

手機響了，我順手從口袋裡拿出來一看——咦？怎麼會這樣？我愕視著折疊機蓋上的紅光閃動。「怎麼啦？誰打來的？」史伯伯像隻狼犬般湊過來，我將響聲未歇的手機移到他眼前。「不會吧？這不是和去年底——」老人家沒有記錯，這通怪電話的性質、模式，和去年十二月卅一日簽賭案判決那天，史伯伯突然接到自家電話的情形一樣。

手機蓋上的閃爍數字，正是我房裡的電話號碼。

一月卅一日

「小開被綁遇害，歹徒殺人取款。」

陰暗的低氣壓籠罩著異冷的城市。警方舉行的記者會上，我一字一句沉默地鍵入沉重的字眼。

「付款行動成功，警方一舉破獲綁票集團……可惜，肉票早已遇害，搶救計畫功虧一簣。」

「小開綁票案」歷時一個多月，早在去年十二月下旬，我們這群線上記者就已接獲消息來源不一的線報，（我更擔心的是不久前發生的「中部某大學女生綁票案」，家屬和綁匪正在交涉中。）諸如，歹徒應是結夥犯案、疑為熟人所為、完全掌握肉票的生活作息、肉票四處張揚其家境富有……等等，可能是案件太尋常，缺少爆炸性的賣點，小劉等人幾乎是不聞不問，（他們只對曾敏案——因為是牽涉到棒球明星，又能扯出一連串緋聞內幕——感興趣，連記者志玲破天荒地打電話給我，也是想探詢警方的布署計畫。）只有杞人憂天的我說：「我有不好的預感……」

那天正是簽賭案判決的下午，在丹堤咖啡店，我一面對鄰桌的鄭大等人打招呼，一面對史伯伯呢喃：「為什麼呢？為什麼現代人那麼喜歡彼此傷害？是飢民為盜？還是被逼上梁山？」

「傻孩子，別人不像你，只會傷害自己。我不懂什麼星座，你不是說你們雙魚座的人都很多愁善感？我還記得十四年前那個大雨之夜，我在台北市立棒球場找到你時，你就像……」就像一尾上岸的抹香鯨？「你啊，是王寶釧、孟姜女投胎的。男人就要有男人的樣子，打起精神來，知道嗎？」

當時的我在想什麼呢？嗯，對了，我在反芻前晚記者志玲的來電：「……我沒有笑你是『痿小寶』，在我眼中，你是幽默風趣的韋小寶。聽說你以前的綽號是Burger？怎麼這麼可愛，你小時候曾經是唐寶寶？……」連中三刀的疼痛，加上面對「她」的離去不敢表白的無力感，是的，我是個只能傷害自己的人。

陽光和某種男性香氛混合的異香撲鼻衝腦而來，緊接著低磁悅耳的嗓音：「有些事情，早一步動作，早一秒識破，就能讓別人免於受傷害。」黑色牛仔裝的瘦削身影在我身旁落座：「小劉他們呢？拿了消息稿就走人？真沒有同理心。」

「我們鄭重呼籲，請大家隨時留意自身及家人的安全。如遭遇事故，一定要立即報警，迅速處理。」台上警官的慷慨陳詞：「要相信人民褓姆的能力，相信我們的司法制度。」「小心綁匪就在你身邊。小心詐騙就在你眼前。唉！有些八股標語還真是歷久彌新哪。」磁性的聲波忽而變成渦狀的熱流：「小心，惡人惡語就在你軟軟的耳根。喂！小朋友，又在想什麼？」

「沒……沒有什麼。」寒蟬般的畏懼心混雜著隱瞞的罪惡感。難道，鄭大也是來向我探口風？

「沒有什麼好擔心，沒有什麼好害怕。現在正是大家守望相助，警民合作，共同打擊犯罪的時候。」台上的聲音聽起來忽近忽遠，好像變調的罐頭音效。

鄭大沒有再追問什麼，視線也離開我緊繃的臉龐。趁著轉變坐姿的瞬間，我偷瞄了他一眼：唇線微揚、似笑非笑的側臉，若有所思盯著台上不知名的某處。但我知道，他和我一樣心不在此，這位諱莫如深的記者前輩在盤算什麼？

手機響了，是小劉的來電。

「喂！小寶，你收到消息了嗎？」

「什麼消息？我不知道。」我感覺身旁的人微偏著頭，他也想知道什麼嗎？

「年緯民事件的最新消息，你的史伯伯沒告訴你嗎？L球團已證實年緯民為『失蹤人口』，那個自稱 E say 的傢伙也下達了最新指令。」

「什麼指令？」

「E say，喜歡六九式嗎？猜金額。」

二月四日

六百萬？九百萬？六百萬加九百萬？還是六乘以九，五千四百萬？這些都是估算合理的數字，也都落在綁票案件勒贖金額的大數區間。警方據此研擬出四種版本：六百萬、九百萬、一千五百萬和五千四百萬，但我覺得不太對勁。記者守則第五條，「愈是明顯可見的事物，愈可能暗藏玄機；眼見不足為憑，耳聞不必為證。」其實，不須動用到什麼守則，根據E say集團的惡謔作風，他們會將真實金額明現在表面數字？

「史家寶，挖掘真相就像破解謎題，不要相信別人給的答案。你知道，猜謎的禁忌是什麼？」PLUSH之夜，鄭大像部隊老鳥那樣教育新兵。

「什麼？」現在回想，也許他是在彩排我和他之間，宿命一般的對手戲。

「謎底不在謎題裡。所有的提示、暗喻，也不能使用謎底文字。你看推理小說、棒球文學嗎？你們這一代的年輕人還看書嗎？E世代的人說你們F世代像草莓……我這種LK叫什麼世代？D世代嗎？你猜，那枚D字是指Diamond？還是Devil？」

不行不行，趕緊回來，不能再沉溺在老大哥的聲音迷宮裡。（總覺得，那時起的我被催眠了，變成他人掌握的代理肉身。）半小時前，隔著電話線，我對史伯伯說：「一定不對。第一，真正的數字隱而未現，需要相關線索旁敲側擊。第二，這一筆金額不會低於第一筆的一千萬，否則，歹徒豈不是愈玩愈回去了？」

「小寶，你還是堅持你那套『設計性』的說法？可是，警方辦案講究的是證據，鐵證如山的根據。」

「你們辦你們的。給我點時間，我有把握拆解他們的手法和招數。」

「哎唷？忽然精神起來了？你是不是吃錯我的威而剛？哈！開玩笑的，你慢慢想吧，這齣戲還長著呢。如果要用棒球的比喻：比賽才剛到中段，中繼投手還未出場呢。」

是啊！慢慢想，從頭想起：人、事、時、地、物、金額、謎題、指示、隱喻，一個動作，全盤計畫，轉彎和岔繞，設陷與誤導，一環勝過一環的設計，完全犯罪，完全比賽……想哪，用力想，歹徒是怎麼構思，如何布局？等等，拿出原子筆和筆記本，一個環節一個環節一道題目一道題目地記錄下來，像球隊記錄員那樣記下投手投出的每一球：好壞、速差、球種、進壘角度、被擊落點……也要詳列打者的揮擊表現：三振、安打、高飛、滾地、拉推、得點、有效進壘、打跑失敗……「職棒比賽進入第二局，會發生什麼事？」「不遭人計是庸材」、「九局下半，誰最怕說再見？」「三缺E」、「KO下場」……

背景因素呢？新聞事件、社會議題有沒有可能成為連環綁架案的線索？就像當年E先生的路數？劈腿投手、簽賭案、E世代宣言、釋出三寶案、轉播權大戰……

咦？怎麼會這樣？難道是——

「價碼衝突」的簽約金。從一千萬到兩千萬是加法。從兩千萬到一千萬是減法。「……

L球團大力補進新人，聽說包括年緯民在內的九名新秀，光是簽約金就要花掉二千萬。」

我沒有記錯吧？KENT是不是這麼說的？趕忙再從隨身小包裡翻出那張「釋出球員」的便條紙——是了，除了三寶外，還有捕手吳昭輝、外野手柯建鋒和投手郭文居等，不多不少，正好是六人。

二話不說，我按下設定3，史伯伯的手機。

「我知道勒贖金額是多少了，兩千萬。」

二月一日　深夜

Dear You：

北京下雪的時候，台北正籠罩在愁雲慘霧的犯罪氛圍裡。太多的事情無從分說，也正待我一一釐清、解決。

不是麥田捕手，也非心靈捕手，只是做「她」的後補選手。不必為我擔心，我一切都好。

春節會回台灣過節嗎？

Babe上

二月五日

「六九式就是六人出、九人進的方程式？你也太會想了吧，一般人怎麼反應得過來？」

兩千萬金額確認後，史伯伯又約我到高等法院附近的丹堤咖啡，研商對策。

「因為他們相信有天才能解開這種白癡問題。」我用自我解嘲的口吻說：「如果我們這些白癡跟不上，他們那種天才不就玩不下去了。」

「可是，如果耗時過久，耽誤了時機……」

老人家就是性子急。

「有些比賽打完第一局就已分出勝負，還不是要死拖活拉賽完九局。也許，『耗時過久』就是那夥人的樂趣所在，除非這次綁票又是虛幌一招，你認為急的是他們？還是球團、警方？再者，耗時愈久，失蹤者遲遲不現身，不就愈教人相信綁架案是真的？」

「是啊！這夥人和其他綁匪不同的是，特別神祕、狡獪、沉得住氣。」我接口：「而且老套，什麼時代了，還有人在玩現金丟包？」老警探嘆了口氣。「是啊！以前的作案模式，綁匪會以錄音帶、電話等方式讓肉票發聲，證明人在他們手上，逼迫家屬就範。這票人反其道而行，不厭其煩大玩解謎遊戲，一通電話都沒有，卻教球團和警方深信不疑，一步步被牽著鼻子走。」

「什麼樣的賭客敢面帶微笑梭哈？不是深諳人性心理，就是有黑桃 ACE 在手。對了，既然歹徒是以拼貼信函的方式出題，尚未來電聯絡，他們如何確定你們解出了答案？」

遲疑了半晌，史伯伯才答腔：「歹徒在第一封信，就要求球團將答案以廣告的方式，刊登在《T報》的報頭下位置。」

「哇！聰明。」呼出一口大氣，也讓我的鬥志愈發旺盛。「用昭告天下的手法玩設計好的遊戲。哈！都怪我平時不看報，不知道這件事是如此進行。不過，看到『年緯民』、『二千萬』之類沒頭沒尾的字眼，記者們不會好奇嗎？」

「除了你這個寶貝，你的那些同業，什麼小劉、小王、老江、EASY、KENT 等，都快要把警局掀翻了。現在全世界都知道年緯民『疑似遭到綁架』。網路繪聲繪影地流傳：繼曾敏『誘拐事件』後，歹徒已將焦點鎖定兩至三位明星級球員。《T報》那個 Uncle Charlie，你最崇拜的資深記者鄭大，直接越過我，找到我的上司，甚至局長探消息。你說得對，他們是以編導自居，希望全世界都來參與這個案子。」

有誰說過，天才小說家、智慧犯罪者和絕頂聰明的科學怪人，都具有暴露狂的本質？一線曙光，一絲端倪，露餡或露骨，或許就在露與不露間。

窗外一瞥灰色系運動服的陌生背影，我應該不認識那個人，但他已是第三次過門不入。

「嗯？想到了什麼？」

「沒有。只是在擔心年緯民的遭遇：一段時間的囚禁，他有沒有受傷？會不會影響他的職棒生涯？職業選手最害怕的是運動傷害。有人說，第一代巨人少棒隊當家外野手李文瑞，就是在沒有防護墊的老台北棒球場全壘打牆撞斷了骨頭，從此離開球場。沒想到，現在的球員還得提防『非運動傷害』。」

「聽你的口氣，認定了這次綁票案是真的？」

「那些自大狂不會重複使用一樣手法，也許同中有異，或者異裡求同。如果上一回的詐騙為虛，這一次的綁票就是實了。不過兩千萬金額實在很龐大，年緯民的身價又不在曾敏之上，L球團願意付錢嗎？」

「你說到重點了。基於人道，L球團不能不管，但只願付出半數，另外一半，透過球團領隊緊急會議，決定動用去年才設立的『職棒聯盟生存發展緊急準備金』。小寶，你想到當年的『E事件』了嗎？」

「嗯，你對我說過，十二年前的事件，就是動用旭東集團的『緊急準備金』支付贖款。你們一度懷疑該案是內神通外鬼。等等，老伯伯，你一語多關唷！你認為E先生脫不了關係？球團內部人員或熟悉球界事務的人在暗中搞鬼？還是，歹徒一開始就在打『準備金』的主意？只是，當年『E事件』不了了之後，許多棒球重點學校、三級棒運發展相關單位，都收到神祕捐款……」我同意「準備金」之說，但對E先生涉案難以置信：沒有憑據，只是直覺。

第四次經過，第五次徘徊，那個人很像是總統府周遭的便服警衛。他應該不是在等人吧？

「警方不排除任何人涉案的可能性。你知道嗎？未能偵破E案，一直是我，也是警方的遺憾。我不希望最近的風暴，演變成棒球界的重大傷害。警方已擴大專案小組，正在過濾、釐清和L球團相關的一切人事物，也在追查正在春訓的曾敏動向，和那位安琪兒小姐的行蹤——很可惜，她好像真的只是個上夜店釣凱子或帥哥的辣妹，我們握有她利用網路援交的證據，但與本案無關。我雖然參與其中，總覺得自己像個板凳球員，在場邊練球練得滿身大汗，望著火熱的比賽乾著急。」

「你會有上場的機會——」話一出口，我就呆住了。一則是因這句話不假思索，不解其意；另方面，穿著運動服的身影消失不見，窗外十字路口的紅綠燈切換間，那個陰魂不散的灰大衣男子赫然出現，（改穿棕色夾克、黑色休閒長褲。）踩著斑馬線揚長而來，雙眼毫不避諱盯著窗內的我。

「怎麼說？」史伯伯坐直身子，向我靠近。他的眼角有意無意飄向窗外的方向。

「我是說——呃。」我要說什麼呢？「我也不知道為什麼冒出那句話。我是說，E先生和這件案子的關係，不會比你更深。算了，你就當我胡說八道。」好不容易鬆了口氣，（我僵硬的背部在這冬冷的天候泛潮了）那獵犬般的男子過街後垂直轉彎，朝我的反方向而去。

「是嗎？你的表情倒是煞有其事，不像胡說。不過，誰說什麼都比不上E say，我們正在等待下一步指令。下一道謎題，應該就是交付贖金的人選和日期。小寶，他們還會再挑球員擔綱嗎？」

是球員嗎？年緯民在L球團的隊友？還是被釋出的球員？曾智偵？陳政賢？經常長傳二壘阻殺盜壘者的吳昭輝？

二月八日

除夕夜，我和我的影子圍爐——狼藉桌面上堆放著阿Q桶麵，兩個麥當勞勁辣雞腿堡、保特瓶裝可樂、一杯奶昔、一份玉米濃湯。冰箱裡則塞滿統一科學麵、夾心餅乾、沙其瑪、乖乖、每日C等存糧。

「都是高熱量、低營養食物，小心肥死你。」如果我有父母或家人，他們會這麼說我嗎？

「她」沒有回函，應該是在大陸過年吧？（應該是沉浸在愛河吧？）原先和史伯伯約好吃年夜飯，沒想到就在節慶氣氛最濃的除夕下午出現新狀況：歹徒連下二道金牌，關於人選和時間。一式多份，同時寄達L球團、職棒聯盟、市刑大和各大媒體網站。

「呵，真會挑時間，不讓咱們過個平靜的年，也很清楚郵局今天不作業，如果派人專送又太醒目。我們追查發信地點，發現是在海峽對岸……」史伯伯趕赴警局執勤的途中，匆匆忙忙撥電話給我。

記者守則第六條，記者、警察和歹徒一樣，都是流動的超商——廿四小時不打烊。

兩個指令的內容：

1. E say，投手最想開的商店，猜付款人選。

2. E say，旅日投手張誌家，猜付款日期、時間。提示：兩道命題關係密切，找到關鍵字母，就能揭曉謎底。

一邊吃麵一面對電腦螢幕發呆的我，接到了小劉的電話：「小寶，你今天輪休嗎？本來想約你打麻將的，貴報沒有將你緊急召回？我們辦公室已經忙翻天了，你看到最新指令了嗎？」

「打麻將不必找我，我不會。指令就貼在網站上，全世界都看到了。反正這條新聞還不能發，我決定繼續吃我的單人年夜飯。」打了個飽嗝，一道胃液直衝咽喉，很酸，很澀，很苦。

「有什麼新聞不能發？看看明天的《香蕉報》會用什麼聳動標題：『綁票連環爆，知名球員下落不明』，或是『黑道之手伸向職業棒壇』之類的，而且，嘿嘿嘿……」他又發出令人討厭的「奸臣笑」，身為記者，一定要將自己弄成一副欠揍相嗎？「有不少不明就裡的網友已經在解題了，他們以為是球迷之間的遊戲。你看到了嗎？」

我當然看到了。但我知道，小劉關心的是，我這顆鳳梨腦有沒有想到答案。

「投手會開的商店？有人猜是便當店，因為黃平洋開便當店嗎？有人猜是棒球用品專賣店，或是以棒球為主題的餐廳，裡面陳列這名投手的獎章、剪報、紀念球等等。有人認為是打擊練習場，而且不用機器發球，而是由真人主投，退休投手的球速還是蠻嚇人的。E球團不是有位從投手教練回任後援投手的劉義傳？他的直球球速只剩下一百卅公里左右，一般人還是打不到吧？還有人主張開設投球練習場，就由投手老闆客串教練，指導消費者投球，讓球迷也能得到正規的訓練……」

「你不是不懂棒球？連黃平洋開便當店都一清二楚。我看你知道的比我還多。」老天，再不打斷他，我就要斷氣了。如果小劉是投球機，我鐵定會被他的連環暴投K得全身是傷。

K？難道是……

「哎唷！比學養，論謀略，我哪裡是你的對手？你忘了我的英文名字？從我第一次看見你，就知道你是個，嗯，深藏不露的傢伙，那些網友都是在鬥扯蛋。以你的聰明，不可能不知道謎底吧？」

又來了。黃鼠狼又在向雞拜年。

「不知道，未想過，沒興趣。要睡了。」我打了個大呵欠。

「喂喂！先別掛電話，你真的沒想過？」真是隻鍥而不捨的老鼠。鄭大曾誇獎他是「天生的記者材料」：「挖題材，爆內幕，炒緋聞，鬧八卦，小劉皆是一等一的好手。他最擅長的是利用人際關係、媒體資源為自己牟利，這些年股市行情不好，但他靠對了人馬，跟著某些作手賺了點錢……」

上個週末之夜，我出席某民代的婚宴，在電梯口看到一票應是道上兄弟的陌生人士對小劉猛豎大拇指：「喂！卯死先生，『元月行情』失靈，股價不漲反跌，那些散戶輸了一褲子，你一定又卯死了哦？」

「你聽我說，小寶，我是這麼想：以『張誌家』為題猜時間，會不會是張誌家的生日？至於投手最想開的店，不一定真的是投手會開的店，而是那種店的名稱、性質和投手屬性有關？你覺得呢？你不覺得如果猜不出來，會被那些歹徒取笑？你知道張誌家的生日嗎？」

「我不知道他的生日，我只知道他是『旅日』。二〇〇一年的世界盃，他還是率領中華隊勇奪季軍的『抗日』英雄。」瞌睡蟲飛散成昏黃枱燈映著螢幕光條的晶晶閃閃。冷得讓人只想冬眠（我原本決定將三天休假全部睡光，當一隻吐絲結繭的蠶寶寶）的除夕夜，我居然和一個討人厭的男人情話綿綿。「萬一他的生日在十二月怎麼辦？怎麼不猜他的結婚日？初戀紀念日？」

我暗示得夠明顯了吧。問題是，付款人選我不是很確定，雖然我已看出「商店」、「投手」和「張誌家」之間的關連。

第一次的人選是投手，右外野手轉任，不常上場的投手李駿材。這一回還會是投手嗎？（如果我是歹徒，會採用同樣模式？不會！）是野手嗎？還會是現役選手？

「你知道他哪一天結婚？哪一天初戀？這種問題沒有幾個人知道吧？套用你的話，萬一他在十二月結婚怎麼辦？那我們就要唱『大約在冬季』了。用『張誌家』影射時間，應該不會是私領域的日期，而是大家熟悉，眾人皆知的時間。什麼日子是大家共同的紀念日……」

「說得不錯，繼續說下去啊！」

「啊！我知道了，『誌家』象徵對家庭的重視、歸宿的渴望。結婚成家，永誌不渝……」

小劉興奮的叫嚷，可以去報考男高音了。

「俗話說，願什麼人終成眷屬？」第一次，我覺得自己像貓咪，一隻頑皮的壞貓。

「有情人！所以答案是情人節，賓果！二月十四日，大年初六，距離現在只有六天，是最合理的時間。」

「而且，那天是新春開工的第一天……」

「銀行開門了，方便大家調頭寸，籌贖金。耶！太帥了，小寶，你有告訴你的KONICA正確答案了嗎？」

「什麼卡？」睡意又消去幾分。摸黑瞎撞後，忽見漫長隧道濛白出口的感覺。

「信用卡、現金卡、悠遊卡、卡夫卡，還是有雙面薇若妮卡。拜託！你是跟著他長大的，怎麼可能不知道那隻老狗的綽號？在警界和媒體待過十年以上的人都知道，我也是聽鄭大說的。你不知道？騙誰！」

「我……我是真的……」從小到大，我聽遍「神鷹幹探」、「老狗」、「老狐狸」之類或褒或貶的稱呼，就是沒聽過「照相機」的綽號。「史伯伯的綽號真的叫做KONICA？」

「是啊！只不過已經有很多年很多年不用了。鄭大說他也不准別人這麼叫他，誰說他就跟誰翻臉。喂！你怎麼忽然關心這種無聊問題？另一題的答案，想出來了嗎？」小劉的語氣也從亢奮轉為懷疑。

「沒有，我想不出來。你不是已經解出一題？繼續想啊！我好睏，要睡了，拜了。」

匆匆掛上電話，深吸一口氣，氣吞天地，俯仰日精月華的豁然之境；九轉迷宮，陰祟幢幢的驚疑之感。

打開手機蓋，按下設定3。

「喂！小寶啊！對不起，讓你大年夜一個人落單。」

「沒關係。我已經解出交付贖金的人選和日期了。」

「真的嗎？什麼時候？誰要去呢？」

「史伯伯，大過年的，你和誰有過節嗎？」

「何止過節，恩怨情仇數不清了。為什麼這麼問？」

「因為那個人選就是你。」

e說寓言之五

「『大年夜贏錢』，猜一名本土球員。」

「是不是La new的陳該發？」

「怎麼說？」

「大過年手氣就好，這一整年不發也難。」

「『雙十節』又是指哪一位選手？」

「這題簡單，L球團的高國慶。我反問你，『高手雲集』是指哪個球團？」

「每個球團都有高手吧？」

「錯！高手是指高姓的選手。答案是L球團，陣中除前述的高國慶，還有高龍偉、高志綱、高政華等人。」

「好吧！『見樹不見林』又是指哪支球隊？」

「應該是……S球團吧。他們有一位闕『樹』木，可是全隊沒有任何一名球員姓林或名字帶林。」

Inning 6

雙盜壘

二月十三日

「這個名號是栽在我手上的歹徒取的，你看過李立群拍的廣告嗎？『他抓得住我』。怎麼樣？學得像吧？很久以前，就有人說我的長相、氣質、說話語調和那位演員有幾分相似。其實，我最自豪的是過目不忘，照相般的記憶力。但記性、判斷力再好的人，也有出差錯的時候。不說這個，史伯伯明天就要登場了，不給我點建議？」

情人節前夕，和白髮蒼蒼的老人家共進晚餐——一頓豪華海鮮自助大餐，有點不對胃，卻又別有一番說不出的滋味。

「為什麼後來不用了？」味道很好，材料也很新鮮。排隊候座的人也很多。（如果不是史伯伯煞有其事預先訂位，恐怕直到現在還不能大快朵頤吧。）這裡的價格一定不便宜。

「呃……這個你不要管。前幾天我們忙著交涉、溝通、布署，一直沒時間問你，是怎麼想出來的？提示中的『關鍵詞』是指什麼？」

「K。在棒球用語中，K是指三振，也是投手最想賞給對手的表現。而OK超商簡稱K商店，當然成為投手的最愛象徵。再將投手最怕的『KO下場』倒轉過來，就變成『場下KO』。張誌家尤其是K字號佼佼者，因為他在日本職棒創下連續局數的三振記錄，這就是兩題之間的關鍵性。至於『KO下場』的一語雙關，我一直認為綁架對象既是KOREA年緯民，付贖人選應會求變：貌似無關又緊密相關，且在屈指可數的選項中相中人選，而非平白無故的人，才符合歹徒的『設計』心理。等等，我說得好累，先讓我吃一口……」灌下一杯柳橙汁，再塞進兩片烤饅魚、一個鮪魚壽司，嗯！世界上怎麼會有這麼好吃的東西？

「你是說，『KO下場』同時預告綁架年緯民，以及，由我出馬交付贖金？」史伯伯將他的八分滿飲料杯推到我面前，真是體貼。「可是，什麼『貌似無關』、『緊密相關』？你把我搞混了。」

「第一回合的綁架行動，雖然是虛招，但歹徒指名投手李駿材援救投手曾敏。到了第二回合，被綁的是一壘手年緯民，理論上應由『一壘手』登場救援，但同中有異的考量，使歹徒選擇了另類一壘手，請問『史隊長』，刑警之星慢速壘球隊的隊長，您是擔任哪個位置的守備？」

「一壘手。因為年紀大了，不適合活蹦亂跳，只好鎮守範圍較小的一壘。你也曾是本隊的客串投手，不是嗎？」見我低頭掃光盤內魚蝦，老人家又將他的生菜沙拉遞給我。

「KO和一壘手，就是你們貌似無關的兩種關連。等等——」酸醬的味道不對，我拎著盤子衝向沙拉吧枱，我喜歡和風醬的口味。

「當心撐死你。從你很小的時候開始，就能一頓飯吃下兩碗大碗公牛肉麵。」見我兩手夾放著兩大盤三小碟一碗湯回座，史伯伯搖頭苦笑：「照你這麼說，歹徒不但深諳棒壇，也對警界瞭若指掌？」

「也許你們警方有內奸。你不是說，當年的E先生很可能是棒壇或警界的人？當心被自己人出賣了。」我準備全神對付蝦仁和蟹黃燒賣。

「不要瞎講！我心裡緊張得要命，幹了一輩子警察，只有我捉人，從來沒有被人如此捉弄。歹徒至今又沒有進一步的動作——」

「安啦！以前你是老鷹抓小雞，現在改成老鷹救小雞。」嘴裡叼著雞翅膀不好說話，我放下骨頭，喝一口玉米濃湯，繼續說：「反正付款方式、路線都還不知道，你急？也許他們比你更急。也許你擔心肉票安危，但我後來想通了，他們是要錢，不要命，絕不會傷害手中的金雞母：只有銀貨兩訖，建立規則，才會有下次的買賣，警方和球團也才容易鬆懈心防。」

「你說得輕鬆，如果是你——」手機響了，史伯伯的手機鈴聲。「一定是專案總部call我，案情有了新進展——咦？沒有顯示號碼？喂！我是，嗯，嗯，聽得清楚。」史伯伯的表情忽然嚴肅起來，一對鷹眼直勾勾望著我。「明白了，一清二楚，我們會準備好的。請問

——」應該是電話斷了。

「咳咳！歹徒打來的？」哇沙米的辣勁嗆得我直冒眼淚，但我還是清光了盤裡的生魚片。「什麼指令？」

「小寶，你的表情也太理所當然了。」銳利的目光還是不離我的眉眼之間。「好像你早就知道歹徒會直接打電話給我。他們為什麼不再傳紙條了呢？」

「你們以前也拿些沒頭沒腦的事問我，怎麼不問『小寶，你是怎麼知道的』？」不行，沒有任何事情能影響我的食慾，我繼續馬不停蹄攻佔水果山。「你看過大聯盟的轉播嗎？每當場上出狀況，教練團調派中繼或後援投手上場，會用什麼方式通知？」

「好像是……打電話吧！」

「那就是囉！今晚記得手機要充電唷！來！吃片鳳梨，您老人家幾乎沒吃什麼東西。指令是什麼？」

「E say，不愛江山，但見舊人笑，成雙成對，從一壘到二壘，猜交通工具和贖金內容與包裝。附加一句，如果答不出來，問你的乾兒子史家寶。」史伯伯一字一字說道。

「哦！」我大概歪著脖子停格了十數秒，然後離座去端咖啡，再一步步踱回座位：「啾！您老人家最愛的卡布基諾，趁熱喝。」

「你知道是什麼意思嗎？」一巴掌將咖啡杯推開，史伯伯的眼睛愈瞪愈大。

「知道啊！這題其實很簡單。」嗯，很香，雖然是事先煮好的大壺咖啡，還是香氣撲鼻。

「快說！不要賣關子了。還有，最重要的時間呢？他們要我幾點幾分動身？」

「時間不就在『張誌家』那題裡？歹徒已指出是『付款日期、時間』，有沒有可能，日期就是時間！」

「對呀！既然考慮到銀行的問題，就不可能在早上九點以前行動，再加上作業時間……」史伯伯一擊掌，露出恍然大悟的神情。

「所以，準備好你的『老小姐』喜美，明天下午二時十四分待命出發。」我端起那杯卡布基諾，仰脖一飲而盡。

二月十四日　凌晨

圍擁在風沙狂捲的投手丘，我們召開緊急內野會議。

場上狀況：無人出局，一、三壘有人，一壘跑者是知名快腿，會不會有跑打戰術攪亂防線？或趁機（三壘跑者帶給守方的威脅感）盜向二壘？

我對鎮守一壘的史伯伯說：「空著的二壘就是他們的下一目標和模式象徵。如果上一回的不連號千元鈔代表『一壘』，同樣形狀的壘包，意味著同樣的包裝方式，而『成雙成對』的二，是指二千元舊鈔——『舊人』是舊鈔和老爺車的一語雙關，『不愛江山』？愛什麼呢？」

我指指史伯伯的守備位置。「盯緊一壘，待會兒的狀況會發生在你那裡。」

「那裡有你的舊愛？還是新歡？」

我是誰呢？我的守備位置在哪裡？原本不是在場上，我好像只是在休息室旁觀的板凳球員，或是在牛棚熱身的救援投手。我是守備教練嗎？

「掰得不錯呀！再掰呀？」一連串劈里拍啦的掌聲，一具龐大模糊的身影（是總教練嗎？）緩緩踱上土丘，將小白球塞進我手裡。「你這麼會說，換你主投好不好？」

夢醒瞬間，赫見冒汗的雙手合捧著一直供奉在床頭櫃，風捲亂雲般，布滿泥垢、指紋、血汗和齒痕的紀念球：十四年前的我傾囊買下的圓滿。

二月十四日

「你又說對了，小寶，他們只讓我一個人行動，不准其他人隨行。而且是直接下達指令，不再拐彎抹角出題。」嘈雜的街頭背景聲，幾乎要淹沒史伯伯已提高八度的音量。他是前往市中心區嗎？

二時一刻。牆上掛鐘的指針夾成斜斜一道尖細險要的銳角。「今天不曉得怎麼收場？若有機會，拼死拼活也要親手將他們逮捕。」史伯伯臨行前的告白。我呢？原打算縮在窩裡接聽來電，卻被採訪主任緊急召回：「你給我守緊這條新聞，要不要發布消息，什麼時間見報，我們會和警方協調，但你不准漏掉任何蛛絲馬跡。我知道你要守著電話，我會在旁邊守著你。」

守著陽光守著你，守著陽光——不自覺哼起這首老情歌，窗外卻是陰晴不定、時晦時明的天色。打開電腦，掏出背包裡的乾糧——麥脆雞、雙層牛肉漢堡、炸薯條、巧克力棒，坐下，原想查看mail信箱，(那裡可有一線春光？一潑暮雪？)忍住，忍不住的嚼食衝動。

「小寶，你好像愈來愈好吃了，注意身體啊！暴飲暴食對你不好。」是啊！什麼時候開始的呢？史伯伯注意到這種現象，是在二〇〇一年世界盃棒球錦標賽之後。在那之前呢？更學生時代每和網友愉快交談離開電腦後，那股地老天荒的飢餓感就像洪水般淹漫而來。更久以前呢？大碗公牛肉麵、三人份定食、雙層便當……「我記得啊！你唸世新的時候，有一回哭著求我去救一位女同學，當時你說得不清不楚——後來才算見識了你『模糊感應』的奇異能力，我們也丈二金剛沒有頭緒，等到發現那女孩在租處燒炭自盡——啊！那晚我硬拖著一天一夜不吃不睡的你去附近的日本料理店吃飯，你坐下來，二話不說，一口一口，一客一客，足足吃掉三盒炸豬排定食……」

剛進報社時，KENT也曾對我的食量大表讚嘆：「哇！奶油起司麵包、重量杯、麥香堡、蘋果派……這些只是零嘴？你可以去參加大胃王比賽了。」

「怎麼樣？你的寶貝食物袋都快吃完了，有動靜嗎？」採訪主任突然湊近我的桌子。他積滿煙垢的齒縫之間，傳來腥臭不堪的異味。

「你們那位羅主任哪，別看他面惡心惡，滿嘴口臭，他老婆可是記者志玲前一代的媒體之花。可惜啊！沒那種屁股就不要坐那個位子，最近閨房失和囉。前陣子肖想搞記者志玲被拒絕，怎麼可能嘛？小玲玲對我還比較有興趣……」八卦王小劉對他的編排。

甩甩頭，不要亂想。二時四十五分。應該是在市區兜圈子吧？

「離我遠點，不要管我。有狀況我會報告。」

主任大人舉起右掌，作手槍狀，指指我的左太陽穴，然後悶聲不響地走開。

手機乍響，是小劉的來電：「小寶，你在哪裡？今天是付款日，你有跟警方行動嗎？」

「沒有。我在報社。」放下剛遞到唇邊的薯條，胃口頓失。唉！劉先生，您真是治癒我暴食症的良方！

「待在報社幹什麼？今天可是大日子……」

「打手槍，不行嗎？今天當然是你的大日子，有幾攤約會等著你趕場？我不像你好命，還有『記者志玲』可以助興。」

「不！今天可熱鬧了，除了你我都知道的這樁，聽說警方還有重大案件要宣布。啊！我另外的手機響了，不跟你聊了，拜拜！」乾淨俐落地收線。

不跟我聊了？包打聽先生居然不想打聽？還是有更值得探聽之事？右前方大座上的採訪主任的左右手同時握著專線和分機話筒，一會兒貼右，一下靠左，像個左擁右抱的大老爺。桌面上還放著打開機蓋、螢光閃爍的手機——一定發生了重大事件，或有重要消息傳送進來。這段時間，他的下三白的三角眼擠成看不透的深淵，而且，連瞄都不瞄我一眼。

手機響了，總算等到史大隊長的來電：「小寶啊！我已將車停在台北火車站東側的停車場，歹徒吩咐的，步行目標是火車站西側大門。你說對了，『英雌無用武之地』，我也相信他們不會傻乎乎在這裡取款，你認為下一步的動作是什麼？」

三小時前，史伯伯開著「美容」過的老爺車來找我，故意壓低音量說：「還是有幾分姿色吧，我的美人坐騎。你猜，她的什麼地方不一樣？」

「加裝 GPS？沒有用的，死馬一匹，我看是英雌無用武之地。想抓歹徒？你們得動別的腦筋。」

既然指定「死馬」為交通工具，就不可能讓對手當成活棋使用。半途棄車是必經步驟，問題是，下一步呢？步行？捷運？還是……火車？

「以你豐富的辦案經驗，你覺得下一步是什麼？」

「不會那麼快決定，他們會攻我的弱點：年齡和體力，很可能先在火車站附近亂繞一通。下一步，我猜會上捷運或火車。不過你放心，我的同事和刑事警察局的人已經布好樁了。」氣定神閒的語氣，真實情況真像他刻意表現的那般輕鬆？

匆匆步出辦公室的主任大人終於在門口回頭看我，比了個手勢，意思是：我有事外出，你好好盯線。

「有插播，你等會兒。」嘟嘟嘟的待機聲中，我忽然想到，如果捷運、火車分別代表意義不同的進壘工具或攻擊戰術：「從一壘到二壘」，從千元鈔到二千元鈔，唯一不變的是「壘包」——包裝成相同體積、一樣形狀的贖金。為什麼呢？為了置放在某處？還是扔包？

這麼說來——史伯伯聲音回來了，悠閒轉成急促：「新的指令下達了，『雙盜壘，猜取款戰術和狀況。』什麼意思？我已經走到火車站側門。奇怪，怎麼亂成一團？我待會兒再打給你。」通話就在一陣突來的喧鬧背景聲中戛然而止。

雙盜壘？火車、捷運的二選一？這麼簡單的明示？還是，相對於明修棧道的取款動作，另有暗渡陳倉的事件進行？或者，取款在暗，另案在明，明暗互用？

球場上發動雙盜壘的時機：一、三壘有人。如果已兩人出局，目的在強迫取分，三壘跑者會趁捕手長傳二壘阻殺一壘跑者時強攻本壘。但如果是無人或一人出局，三壘跑者不是一定要靠安打得分，（高飛犧牲、觸擊戰術或內野滾地球都有可能達到得分效果。）發動盜壘戰術的目的就不在冒險搶分，而是掩護一壘跑者盜向二壘，（三壘跑者會做出假跑動作，牽制捕手傳球。）也就是「一壘到二壘」，形成二、三壘有人，一壘安打可取兩分的優勢。

對E集團而言，不正是無人出局，兩人在壘的大好時機？問題是，「三壘跑者」是指什麼？

分機響了，我接起電話，竟是小劉的聲音：「你剛才和誰講手機，害我打不進去。你還蹲在報社孵蛋嗎？快要世界末日了你知道嗎？」

「你在台北車站嗎？發生了什麼事？」

「嗯……是啊！你怎麼知道這裡有事？」小劉停頓了兩秒鐘，才接著說：「不只是這裡，聽說下午四點警方要召開記者會，你會去嗎？」

「我被我們主任禁足了。那場記者會，他老人家應該會親自出馬。喂！台北車站到底發生——嗯？等等——」手機又響了，是史伯伯的號碼。「我有電話要接，有空再聊。」

剛打開機蓋，還來不及貼近耳朵，就聽見猛虎出柙的吼聲：「老天爺！搞什麼東西？有人打電話報警，說台北車站疑似有爆裂物。警方正在疏散大廳人潮，但為了避免引起恐慌暴亂，又不敢透過廣播告知民眾真相。而且是真是假還不知道！天啊！防爆專家趕來了……」

火車站炸彈客？是威脅？破壞？報復？伸張當事人認定的「正義」？還是另有所圖？譬如說，轉移注意力？發生的時間會不會過於巧合？

「奇怪了，這是突發狀況？還是事前就有人向警方甚至媒體示警？你有看到小劉、鄭大他們嗎？」我知道，我的問題更奇怪。

「我還沒有搞清楚狀況，這裡只有一句話可以形容：兵荒馬亂，民眾安全第一，不能不處理。啊！記者團團圍上來了，我沒留意誰在誰不在？剛才還有年輕員警不認識我，懷疑我的提包裡有危險物品，堅持要搜身徹查，幸好我的同事幫我解危……」

趁亂取贖？「史伯伯，你要小心提包被人調包，那位年輕警官還在嗎？」這是盜壘戰術—？

「人太多了，早就不見蹤影。好像有幾班列車進站，出站人潮愈來愈多。又有插播，你等等——」電話剛斷，就傳來短鈴聲。啊！是那位神祕先生的簡訊：「雙殺」和「雙盜壘」的區別為何？後者是虛實轉進，聲東擊西，前者為後路被封，不得不進。

嗯，雙盜壘是攻方發動的戰術，雙殺是守方布陣的演出，除了主、被動的差異，兩者最重要交集：一、三壘有人時，雙盜壘戰術是雙殺守備的反制，避免打者擊出內野滾地球，造成雙殺，結束大好攻勢。關鍵因素就在強迫進壘的一壘跑者，盜壘是為了騰出迂迴轉進、從容揮灑的空間，從一壘到二壘，死壘變成了活棋。（二、三壘有人時出現安打，二壘跑者可直衝本壘或停在三壘；若是外野高飛接殺或內野滾地球，也可選擇原地不動或向前推進。）這麼說，神祕先生是在暗示我，「台北車站」不會是這波攻勢的「本壘」，還有轉進的空間？對史伯伯而言，則處在「不得不進」的尷尬？那會是哪個方向，哪一站呢？

其實，我最該懷疑的是，為什麼神祕先生像個看透對手暗號而發動反撲戰術的高明教練，對我的一舉一動瞭若指掌？空盪的辦公室裡，左右無人，我卻有「後路被封」的感覺。

史伯伯終於回撥：「哎！小寶，他們先叫我下第二月台，然後出題，『**大老爺上花轎，猜前進方向**。』應該是要我上火車。問題是，月台兩側同時停靠兩班列車，往花蓮、台東的自強號和往高雄方向的復興號，我該上哪一班車？」

第二月台就是二壘壘包？

「炸彈事件怎麼樣了？發生那樣的事，火車還會照常發車、進出嗎？」

「還在查，火車進出受到影響，會誤點，但還是按照班表發車。月台調度也亂了，眼前即將離站的就是這兩列車。可以肯定，歹徒也在現場。」嘈亂的背景聲中，隱隱傳來「開往高雄的復興號就快開了，還沒上車的旅客……」的廣播聲。

「大老爺上花轎和大姑娘上花轎有什麼不同？或者說，相同？」我的語氣也變急了。

「應該都是『頭一遭』吧？喂！沒時間了，趕快告訴我答案——」

「我想不出來，歹徒沒有提示嗎？」頭一遭？哪個方向走一遭呢？

「有！有！我剛才忘了說：『**正月初六，你準備和誰一起過節？**』趕快想，拜託！」

老人家一定在跳腳。

「啊！是復興號，趕快上開往高雄的復興號。」

反向岔開的雙線，一虛一實的戰術。北迴線方向有頭城，縱貫線的方向有頭份（竹南站附近），到底是要到哪個地「頭」走一遭？我吐出一口大氣，但願沒有會錯意。

手機尚未斷線。火車離站的輪軌磨擦聲，在我耳裡織成幽幽迴旋的交響。史伯伯的聲音也變得沉著穩定：「沒有急著打電話過來，表示我應該沒有搭錯車。你是不是也想到了頭份和頭城？如果是我，會選擇北迴線，因為頭城是教我沒齒難忘的地方，而『上花轎』

也讓我聯想到花蓮。告訴我，你是怎麼想的？」

「不是花蓮，因為根據 E say 的出題方式，謎題不會有謎底文字，所以答案不會是北迴線。而我遲遲不能判斷在於線索不夠，直到『正月初六』是指新年，『過節』和竹子有關，合起來就是新竹。只是，目前還不能確定，新竹是不是目的地？」

「嗯，好像有點道理。你等會兒，我先聯絡同事商量對策，再打給你。」訊號中斷，背景聲也突然消音。空盪的辦公室，只剩我一人坐著發獃。

咕嚕咕嚕，肚子又餓了。應該多買一份卡拉巨無霸當存糧。飲料也喝完了。站起身，端著馬克杯到茶水間添水。現在衝下樓，到對街的全家超商買點零嘴，不會礙什麼事吧？

電話響了，咦？是我的分機。三步併二步跑回座位，搶接正在哀號的炸彈：「喂！史家寶，你的線怎麼樣了？趕快帶你的手機、NB 去台北市警局，警方另有重大案件要宣布。」

「主任，你在台北車站嗎？你說的是車站的炸彈疑案嗎？」我的直覺：那是一樁聲東擊西的「詐」彈案。

「你也聽說這裡的事？不是這樁，這裡由我處理。趕快去，半小時後就要召開記者會了。」

還有重大案件？天啊！今天是什麼日子？全國連映犯罪連環爆嗎？

胡亂將採訪道具塞進背包，小跑步衝出辦公室，卻在電梯口接到史伯伯來電：「喂！我正要離開報社，火車上的情況如何？」

「不錯啊！老頭子我雖累得半死，但這個情人節的人們還蠻有人情味的。歹徒直誇你聰明，是可敬的對手，說什麼『家有一寶，如有一老』消遣我老人家。還有啊！我上車沒多久，就有年輕人讓座，還跟我聊了幾句，他感嘆世風日下，現代人都不懂敬老尊賢……」

「讓座？史伯伯，你在哪一節車廂？」

「我看看，嗯，第六車廂，我是走過好幾節車廂才停在這裡。幹嘛？認為我『一廂情願』？還是在懷疑什麼？那人在樹林站就下車了。現在列車快要到桃園了。」

「也許是我太多疑了。」千絲萬縷的偶然，貌似無關的巧合，往往會交織出雲破日出的必然。「重點是你要在哪一站下車？有新的指令嗎？」

「有！當然有！」定靜思慮的口吻：「聽清楚了，『我們該許你在哪裡相見？猜付款地點。**提示：非先發也非後援的某人選。**』」

「聽你的語氣，好像已經胸有成『竹』。」最後一字，我刻意加了重音。

「老人家不擅長猜謎，但有趣的是，我有一位同事正巧是那位年輕投手的球迷，C球團的王牌投手……」

「許竹見？」

「哎喲！你的反應真是快呀！許你在新竹相見，是不是呢？」那語氣變成經由誇獎對方轉為自褒的神氣：「這個答案對嗎？我們正準備在縱貫線各停靠站布下警網。」

「應該對吧！」老實說，我不是很確定。過於完美、「必然」的答案，反而教我心生疑雲，但我又說不上哪裡不對勁。「可是，如果落點不是在車站，而是像上回那樣，半途丟包呢？」

「所以只能重點防範，就賭一賭『許竹見』吧。」

高速公路－鐵路－丟包－還是丟包？收了線，來到停車格，迅速發動速克達五十的我愈想愈不解：在高速公路可以停車丟包，命中定點，在疾馳的鐵軌上，能夠準確無誤地完成丟包行動？難道是利用進站時的減速或出站時的緩慢加速瞬間？

口袋裡的手機窸窣輕響，是簡訊。趕忙將小機車暫停路邊，拿出寶盒一看——神祕先生捎來的信息：何不先查查，那個人是什麼類型的投手？

非先發也非後援……？按下KENT的手機號碼——「對不起，您撥的電話暫時沒有回應。」可惡！又不開機，是在幽會嗎？不得已，只好按下緊急聯絡用的設定1：一長串待機響聲後轉跳到留言信箱，我匆匆留下一道關鍵待解的問題——

嘟嘟嘟的插播聲，一按轉接鍵就聽見破堤而出的聲浪：「小寶，又有狀況，現在還沒到中壢，但歹徒叫我拿著東西到第六、七節車廂交接的門口待命。我的同事又急電告知，台北車站的炸彈不是藏放在車站或月台，而是安裝在這列復興號上，啟動後一小時若不停車就會爆炸，是真是假還不知道，但眼前只剩下不到一分鐘——」金屬磨擦的劇烈聲響，隔著話機雖有些模糊，聽得出是剎車聲。

「等等，他們又來電了——」訊號乍斷，贖金是不是也「丟」了？關上引擎，拔出鑰匙，我頹然坐在路旁大樓的轉角階梯。（記者會遲到會挨罵，隨他罵吧。）閉目想像一道價值千金的美麗拋物線，在日照西斜的中壢天空躍起，延伸，飛越，墜落，再墜落。虛驚實彈。雙盜壘。又是一記大幅度曲球？

手機響了。我心目中的1號密使的回電：「小寶，我是鄭大，剛才沒接到你的電話。你說的許竹見是先發型的投手，去年因傷久未上場，你可能不太熟悉。怎麼啦？忽然十萬火急地問我？」

「原來，他不是，中，繼，投手。」我們自以為識破對手戰術，卻是誤中對方戰術中的戰術。

「嗯，你的口氣很沮喪，發生什麼事？我正趕去台北市警局記者會，好像是台北某大學女生綁票案偵破了，你會來嗎？喂喂？」

沍寒的空氣像包裝粗糙的封膜，正在一絲、一絲、一個缺口一個窟窿地綻裂。不想說話了。這清冷的台階變成我的球員休息室——忽然明白了黯然下場的投手心情，只是，嚴格地說，這場比賽的主投不是我，上一波行動，我也只是個敲邊鼓的臃腫吉祥物。為什麼，我的感覺，滿腔沉甸厚重的挫折感，像個球隊創下連敗記錄的總教練？我在乎的是「輸球」的感覺嗎？

「我雖不是職棒選手，但永遠記得，小時候打棒球第一次揮出全壘打的感覺——讓你刻骨銘心的滋味，停格的瞬間，最慢板的快感……」鄭大對「球」的體會：「那場比賽的輸贏？比數？呵，在流淌時光中，你終會明白那是最不重要的事。重點在過程，千迴百轉的美妙旅程……」

中途登場，經歷勝負逆轉、彈指變化的中繼投手。

手機響了。我心平氣和打開機蓋，就像長傳二壘（又快又準的一球）阻殺盜壘卻見壘審雙手平攤（安全上壘）的捕手，撿起掉落的頭盔護具，準備再戰：「怎麼樣？歹徒應該說了些什麼吧？」

「歹徒說，非先發非後援就是中繼，中間上場化解危機或歷練膽識的投手，這麼簡單的『中壢』都想不出來？老先生，您不就是老驥伏『櫪』的最佳中繼人選？」老先生的聲音，則像氣力不繼而以意志力苦撐局面的投手球路，欠缺尾勁，但鬥志昂揚。「丟包地點是在接近中壢車站的一處鐵橋，歹徒利用車行減速過橋的瞬間，命我將贖金包扔向橋下的溪溝，說他們愛死了傳統的『盜壘』遊戲。歹徒還問我知不知道『第六節車廂』的涵義？」

「比賽進行到第六局，也就是先發退場，你這位『中繼投手』上場的時刻？」

「可惜，我不但沒有遏阻對手攻勢，還造成嚴重失分……」

「不要放在心上，史伯伯，你不是常告訴我『勝負乃兵家常事』。重點是，他們還說了什麼？」總覺得，這場比賽尚未結束。歹徒可能已經上了癮。

「聽清楚囉！」史伯伯沉吟了半晌，緩緩說道：「『E say，１２３自由日。』」

e說寓言之六

「投手退休後最想開的商店是什麼?」
「是便當店嗎?黃平洋就是『投手便當店』的創始者。」
「不對，是OK商店。再問一題，打者最不喜歡的食物是什麼?」
「蛋。對吧?攻方最怕看到計分板上九個蛋。最『吃虧』的吉祥物是什麼?」
「呃……象?鯨?熊?」
「這些動物能吃嗎?S球團的吉祥物雖是牛，但他們賣的是農藥……」
「答案是什麼?」
「當然是L球團的紅燒獅子頭和C球團的蛇湯囉。他們也是大家最想下手進補的對象。」
「好吧!我也問你，最『吉祥』的吉祥物是什麼?」
「象?因為E球團兩度三連霸?」
「錯!再想想。」

「牛？因為『牛市』是股市多頭的象徵？」

「也不對。」

「猜不出來，答案是什麼？」

「蒼蠅，長贏是也。」

Inning 7

$E = MC^2$

二月十五日

「真正的nice play可遇而不可求。我們常為雙殺守備鼓掌，驚險撲傳叫好，但不容易目擊三殺的演出——因為那關係著諸多微妙因素的鏈結，也就是巧合加上不能再巧的巧合。」坐在電腦前的我一面進出各個網站蒐尋資料，一面回想昨日鄭大的諄諄耳語：「我曾在職棒二年看過獨力完成的三殺表演：滿壘無人出局，二壘手躍起撲接二壘附近的強勁平飛球，身體落下時正好踩在二壘壘包，再快速回傳一壘，使不及回壘的一、二壘跑者相繼出局。那是一項難得記錄。但我竟想不起神乎其技的二壘手是誰？也忘了那場比賽的輸贏比數，只記得二壘手高舉手套和隊友興奮擊掌的神氣。對他而言，那一瞬間，就像《追憶似水年華》裡的馬德里小餅乾？」

餅乾。嗯，忍不住拆開下午在IS Coffee買的手工餅乾，椰子鳳梨口味的，咬下一角，含在嘴裡，有一種幸福的滋味。

「男子漢性福綱」、「完全姦汙幼女手冊」、「姦爆白衣女護士」、「教你反詐騙一百招」……離開，離開，再離開。神啊！給我一道看不清的光束、一場躲不開的驟雨都好。

當二千萬的「壘包」像小白球般呼呼飛向歹徒的手套，他們會不會手舞足蹈，享受再見接殺的快感？或者，快樂來自戰利品、囊中物？對他們，或許許多多聰明機巧的人而言，幸福，就是用魔術手套在他人的囊中取物？

「打一場放水球，代價是一百萬，或是忍痛負重撐完九局，沒有掌聲沒有獎金，甚至沒有勝投記錄，箇中點滴只有你自己知道。你會選擇哪一樣？」警局記者會上，低頭凝睇書面資料（唉！又是無辜女生被熟人綁票殺害的慘案）的我其實是在傾聽耳邊風雷：「有些人汲汲於good play，有些人畢生追求nice play。我們這個社會很奇怪，聰明有餘，智識不足，不乏實力，欠缺虛心。不見優異的發明、創作，可一些層出不窮的詐騙、綁票案卻是推陳出新，創意十足。對不起，我好像是在說教，你一定認為，我比你的史伯伯還嚕嗦……」瘦稜稜的指掌像打氣罐般拍在我肩上。

風中絮語，如雷灌耳。搖搖頭，我努力強顏微笑：「Uncle Charlie，如果你是投手，遇到關鍵性的對決，你會投直球？變化球？」

黑色牛仔裝的男人笑了，意味深長、自信十足的笑。偏頭一瞥，我看見的是筆挺的鼻樑、微曲的唇線、讓人不敢直視的目光和兩頰繾綣的笑渦。連帶地，他的聲音也變成扭曲的線團。有種耳鳴的異覺。有種眼花的感覺。逆光接球的猶疑恐懼。如果我是打者，一定會被他三振，因為我猜不出下一球會是什麼？

下一次的犯案手法是什麼？什麼時間？對象是誰？「123自由日」，是指時間？（一、二月的排列方式已不可能，是三月十二日？廿一日？）金額？代號？三數之間的串連組合？

「你說得對，小寶，還沒到絕望的時候。咱們得想辦法破解他們的招式。不過，你知道我在做什麼嗎？」昨日下午，坐在回程火車上的史伯伯好像恢復了元氣，聲音聽起來很有精神。（不過，廿四小時後，老人家又開始焦慮：「年緯民還沒有放回來，到底是在做什麼？」）

「做什麼？」腦海閃現很久以前在螢光幕看到的有趣畫面：某洋投被轟下場後，沒有咆嘯跺腳也不摔球具，而是快速搶下兩個保麗龍便當，坐在一旁大口扒飯，很像一隻開口大啖的黑猩猩。

「吃火車飯盒。還記得嗎？你小時候每次考第一名，我就帶你坐火車吃滷排便當，而且讓你好事成雙，一次吃兩個。你以為只是在慶祝你？其實啊！廿多年前從頭城坐莒光號回台北的那晚，我還來不及反芻『黑狐』帶給我的震撼，一股前所未有的飢餓感突然來襲，那是一種……不立刻進食五臟六腑就要崩裂的感覺，我一口氣嚥下兩個賣剩準備回收的福隆便當，飯粒是冷的……」

冷空氣裡的聲音卻像是烘烘暖流。當時，坐在路邊應該是餓凍不堪的我忽然有了飽足的感覺——長久以來，好發於彷徨無助時的「虎嚥狼吞症候群」突然找到超越生理、血源的奇妙連結。「你的父親也很能吃，關東煮、蚵仔煎、米粉炒、擔擔麵……一口一口，一碗一碗，可以吃個沒完。有一回為了跟蹤他，差點吃爆自己的肚子。」更久以前，史伯伯笑看我吃牛肉麵的饞相，若有所思地說：「那副清瘦的身子，那麼聰明的腦子，裝得下這麼多東西？我很好奇，那些食物在他體內轉化成什麼了？」

「E世代宣言：Enjoy、Entertainment、English、Energic……最重要的是，過著Exciting的生活。『不刺激，毋寧死。』」搖頭。趕快離開。

他們的Exciting，包括Extort（勒索）嗎？

$E=MC^2$ 我在便條紙上寫下這道影響地球一百年（以及往後無數個百年）的不朽公式。愛因斯坦的nice play，讓地球文明邁向光速之旅的美麗一擲。再咬一口幸福餅乾，不吞不嚥，細細咀嚼。碎甜的澱粉轉化為硬冷飯粒，（再切換成台灣小吃的滋味？）回憶是引信，時光為觸媒，百年千載的忽忽流逝，就在超越光速的眨閃之瞬，完成了名之為「永恆」的能量不滅。

能量等於物質質量乘以光速的平方。原子能的理論基礎。我不懂物理學，只知道飯粒糖粉之微，一旦與經由回憶催化的時間交乘，就會變出石破天驚的能量。智能的力量，也是不朽不滅的靈能？

當智慧犯罪和行俠仗義交乘，將上演哪一幕心智風景？如果是作姦犯科與聰明巧詐互用，就會是黑暗力量的君臨天下？很想問當年的E先生，你的大寫E，是什麼力量和哪種智能的化學作用？那場烈日罩頂的熱戰，勢均力敵的等號兩方，Elephants與Eagles，誰才是你借喻取譬、借力使力的鑰匙？

十六歲的我呆站在一壘界外區，仰望右外野看台頂端，「鷹」字上方的黑色意象：一隻展撲而下的黑鷹攫走一位看不清長相的高個兒手中的贖金鑽石包。當時不知那是一齣警匪大戰的我一手指天，囁嚅不已：「啊！飛走了，看板上的『鷹』字飛上天了。」唉聲連連的史伯伯撫著我的顫抖的背，低聲說：「是啊！到嘴的鴨子，哦不，是老鷹，飛走了。唉！我一直以為他是象迷，原來既不是Eagles，也非Elephants……居然想到用老鷹取贖，厲害！這就叫手到『禽』來嗎？」多年後，史伯伯談到這樁綁票懸案，透露了他的真正想法：「歹徒的可能身分，球界、財團、警方……」

E集團呢？到底有多少人集思廣益，牽涉其中？他們維持能量守恆的換算公式是什麼？$E = MC^2$，M就是Money，C就是Cash？E呢？是Eagle，還是Egotist（自利者）？也想經由Enrich的手段建立自己的Empire？

胡寫亂湊的拼字遊戲，我像個思緒紊亂的實驗狂，言不及義的九流作家，忘情描摹不成形的創意、一閃即逝的星點。Energy，還是喜歡這枚字詞，揮灑、奔馳、鳶飛、魚躍的總稱，動心、愛戀、交歡、喜樂的代換，形勢、局面、士氣的大寫，沉潛、蓄積的易名，也可以是，甚至只是，掛念，絲絲縷縷縈繞不去問心把脈的動詞。「小寶，你怎麼了？看見什麼？」十二年前的熱戰，比賽終止前，飛鷹降臨前，全場觀眾的注意力集中在最後一擊時，快要被烈日曬暈的我驚見右外野方向光纖繞纏的異景——一幅超現實的老鷹揚翅、蓄勢待飛的光點拼圖，閃現在黃色加油棒的人堆中。「你為什麼一直指著那裡？」

創造能量法則的愛因斯坦也有自己的私人方程式？Einstein = Memory × Conversion 的平方，愛因斯坦等於集體記憶乘以他帶給世界的巨大改變。如果將 Einstein 置換成 Everybody 呢？等式的另一端不變，最有影響力交乘永遠被懷念，譜出了世人的夢幻公式？

二月廿日

「你心目中的夢幻組合是什麼？」和鄭大一起離開三重市某燒炭自殺的現場，我們邊走邊聊。「我是說，你真的以為世上有所謂的『夢幻組合』？」

鄭大的微笑，依舊是，只有鄭大的臉上才能看見的笑。

「夢是理想，幻是尚未兌現的願景，組合不一定是加法，更可能是相乘的化學作用。」

這番話我早就像背講稿那樣記熟了，不知道的人會以為我的口才大有進步。「你不是一直在懷念第一代的Elephants，說那些球員代表紅葉、金龍、巨人以降，三級棒運的開花結果？你也為折翼的Eagles惋惜，因為那群小鷹是九二年巴塞隆納奧運的銀牌化身。這兩枚大寫E字，算不算是台灣球迷的夢幻組合？」

「你知道老球迷心中的『台灣夢幻隊』是哪一支嗎？」抿唇微笑變成露齒朗笑：「不是兵敗雅典的那一隊，而是進軍一九八四年洛杉磯奧運的中華隊。陣中除了有郭泰源、莊勝雄掛帥主投，還有趙士強、李居明、吳復連、劉秋農等一代名將，可惜在美、日的夾擊算計下，沒能奪冠。這就是癥結：完美的球隊不一定是最強的球隊，不一定會創造永垂不朽的佳話。二〇〇三年亞錦賽，韓國夢幻隊居然會敗在實力相差一截的中華隊手中；二〇〇四年雅典奧運，日本全職業組合，『松坂豆腐』領軍的夢幻隊理所當然拿金牌？不，兩度敗給澳洲隊，只能抱銅痛哭。其實那支日本軍不能算是真正的『皇軍』，因為兩大指標人物缺陣——揚威大聯盟的鈴木一朗和松井秀喜。說到酷斯拉松井秀喜，聽說美國的夢幻棒球隊洋基隊又砸下重金收買好手，還將蘭迪・強森納入陣中，可那是『世界大賽冠軍』的保證？所以囉，什麼樣的球隊堪稱『史上最強』？可有人算得出那道組合公式？」

無言以對，原想套老大哥的話——他對綁票成癮的E集團的看法，或者，說詞。以他的愛現作風，應會說出（透露）某種端倪、一絲線索，沒想到他關心的事情只有棒球。

「倒是曹錦輝和王建民值得期待。曹錦輝被定位為洛基隊的終結者。王建民從農場登上夢幻舞台，短短數年已成為洋基隊台柱。從早期的譚信民開始，有多少台灣球員大聯盟走一遭，卻是夢一場？所以，小寶——」冷不防一巴掌拍上我肩頭，害我因心虛而險些摔倒。「喂！站穩些，如果你是登板投手，你有勇氣面對朝思暮想，卻可能一戰夢碎的舞台？我的意思是說，如果夢是自我實現的舞台，幻就是千金不換的膽識和意志力。夢幻組合不必外求，而是在關鍵時刻投出完美一球，或揮出轉折一擊。想吃涼麵嗎？」

「什麼？涼麵？我……很少……」轉折得讓我哭笑不得。不過我的肚子剛好餓了。

「很少吃？所以才要帶你去呀！走吧！離這裡不遠，就在中正橋下，那家頗有名的。你知道嗎？我是在眷村長大的，那時候，每一個村子都有一個涼麵攤，眷村小孩共同的早餐。」

「中正橋離這裡不遠？大哥，這裡是重新路的巷子呢。」如果我沒記錯，鄭大還有一段「一票人從松山騎機車殺到淡江大學打撞球」的青春記憶。

「不遠不遠，一下子就到了。」他眨眨黑亮的大眼睛，一手拖著我前進。「你連三十多年前，我熬夜看少棒轉播的時代都『去過』了，這點路算什麼？」

二月廿日

三角形的兩邊和，恆大於第三邊。

「這就是一加一不等於二的道理。」我在紙上畫了個三角形，一面反芻刷過三次牙還是洗刷不掉的大蒜味——鄭大在涼麵店說的話，夢幻話題的延伸。

同時回想一小時前，我不是很有把握的解題：「史伯伯，你先算算看，一加二加三和一乘以二乘以三，所得之數是多少？」

「都是六，怎麼樣？這麼多天了，球團和我的上司快要急瘋了，等等，付款日是二月十四日，到今天……整整六天，難道……」

「再等等看吧！我也是用猜的。」吃薄荷糖有沒有用？還是嚼兩粒 Airwaves 看看。

手機響了。我彷彿已聽見迫不及待的急吼聲：「小寶，你又說對了，歹徒真的——」

「喂！小寶啊！年緯民總算現身了，不，是有人在陽明山路邊發現昏迷不醒的他。」

咦？語氣出奇地平靜，一定是「發現」了某種蹊蹺。「可能是遭歹徒連續灌食安眠藥，身體狀況還算好，手腕、臉部有輕微擦傷。人已經送醫救醒，現在正留院觀察。他說是在一月廿三日晚間外出購物時，被數名不明人士綁走，隨即被套上黑布面罩——」

「總算平安歸來，你們可以放心了，不是嗎？」領教史伯伯的欲言又止，我反而假裝聽不出異樣。

「問題是，這段期間並非三天兩夜，他說大部分時間是處在昏迷狀態，頭上面罩教他辨不出囚禁地點，連進食、如廁都不曾取下。我們一方面擔心他的健康、另方面也在追蹤囚禁之處，尋找目擊證人。這種長時間不被發現的地方，可能是——」

「山區？台北市近郊的山區？你們可以從他身上的殘留微物——纖維、花粉、泥土、根鬚什麼的，找出可能的地區。甚至可能留下歹徒的指紋、皮屑組織。哎呀！你們一定比我懂得多，但有一個地方你們一定要查，關於纖維……不過，我覺得『神鷹幹探』的疑惑不在地點，而在文字？」

「是啊！你說的方法，鑑識科已經在做了。但整件事情讓人覺得很不對勁，我一時間千頭萬緒，只能說，歹徒最近的指令『123自由日』，意指付款六日後，肉票獲釋？但我們又在年緯民的上衣口袋找到一封留書——和前回寄給L球團，一模一樣的拼字信。你猜內容是什麼？」

「123自由日？」我不假思索脫口而出。

「哎哎！小寶，我最近在網路上讀到一個詞兒：靈魂伴侶，你和那群歹徒還真是心靈相通。不過在『自由日』下面多了四個字：**好戲開張**。你怎麼想到是同一道指令？」

「九子連環，首尾相生。就和高速公路第一波行動一樣，第九個問題就是下波行動的第一道指令。他們刻意塑造的風格，也許是愛現，也許是誤導。」

「你覺得，他們是在暗示下一次綁票？時間？地點？方式？贖金？對象？」

下意識又畫了個三角形。滿紙條紋，平行或交錯的線路。

「時間可能是三月十二日。這是典型的『犯罪預告』。對象不詳，但還是和棒球有關之人。另一種可能，這句話已經以數字密碼的方式，說出鎖定的人選和贖金。」

如果兩邊之和恰等於第三邊呢（當然是非三角形的狀態）？兩千萬減一千萬等於什麼？一加二等於三嗎？第三波攻勢，會是第一波和第二波的總和？

「為什麼不是三月廿一日？」數秒鐘的沉默後，老先生重新發問。

「兩個日期都有可能，他們想告訴我們，將123頭尾調轉，不論是312或321，『自由日』就變成『不自由日』。但如果我是歹徒，會選312而非321。」

等腰三角形。等邊三角形。垂直三角形。哪一線索、何種數字會在想像力的延伸處交會，組成完美的犯罪藍圖？

「為什麼？」是確認而非質疑的問句。

「開幕戰。那一天，是新球季的開打之日。」

e說寓言之七

「誰適合主演台灣版的《四百擊》？」

「前時報鷹隊的曾貴章，他用最少的場數——只有三百零四場——就完成四百支安打的里程碑。」

「哪位投手能率先登上『台北一〇一』的峰頂？」

「S球團的洋投勇壯。他已投出九十六勝，距離前一位百勝投手謝長亨只有數步之遙，應該會率先創下一百零一勝的台灣職棒記錄。」

「二〇〇三年亞錦賽中華對南韓之戰是什麼天？」

「哪一天唷……好像是十一月五日，我只記得中華隊以五：四力克韓國夢幻隊。」

「我是問『什麼天』，不是『哪一天』。」

「什麼天氣嗎？我怎麼知道？比賽是在福岡巨蛋舉行的……」

「答案是『台勇天』。」

「什麼意思？」

「南韓隊出場的三大投手為鄭珉『台』、林宗『勇』、曹雄『天』，合起來就是台灣勇士們的出頭天。」

「好吧！算你會掰。我也問你，誰是台灣球員中的『登基』選手？」

「旅美的王建民。不但登上洋基舞台，而且成為陣中王牌，堪稱台灣投手的第一人。」

「『鹽水蜂炮』，猜一位強打者？」

「陳金鋒。鹽水在台南，陳金鋒也是台南人，他的全壘打威力素有『鋒砲』之稱。」

Inning 8

4P的條件

二月廿五日

老鷹捉小雞，德禽扮禿鷹。

【本報訊】治安敗壞，人人活在犯罪陰影下，難以脫身。今年以來接連二起的棒球綁票、詐騙事件，為層出不窮的惡質現象再添一筆駭人聽聞的犯罪手法。據悉，自稱「E」的犯罪集團鎖定名利雙收的職棒明星，進行綁票勒贖，而且得寸進尺，連續犯案，利用新聞媒體的盲目炒作和自命不凡的「猜謎解題」模式，牟取鉅額贖金，愚弄警方和社會大眾。

有「台灣松坂大輔」美譽的曾敏、「韓國剋星」年緯民等球員是最近二波棒球綁票事件的受害人。其中，曾敏事件雖屬虛驚一場，但歹徒作案模式和綁架年緯民事件如出一轍，應屬同一集團的兩手策略。相對於日新月異的詐財「創意」，歹徒的下一波行動何時發動？對象為誰？手法為何？著實令人擔心。據悉，警方除繼續追查前案，並將專案行動升高為「北、中、南打擊犯罪中心聯合總動員」的層級，另立「快速打擊犯罪特警隊」，作為機動馳援之用。

消息人士指出，警界大張旗鼓辦案，不只是「維護治安」的消極因素，而是掌握了更龐大、複雜的犯罪計畫的蛛絲馬跡：E集團不只是綁票、詐騙的數人結夥，而是橫跨兩岸，聚合黑道、球團內部人員、警界不肖分子和專業人士的大型犯罪集團。其觸角蔓延廣被，金融、股市、財團、社會大眾和特殊領域（如棒壇），皆為其串連運作，鎖定下手的對象。兩起棒球綁票疑雲只是牛刀小試，涉案人員亦屬E集團的小分支，稱為Ball's Eagles。從去年股市崩跌，沸沸揚揚至今的「禿鷹(Bald Eagles)傳說」，則為經濟層面的掠食行動。值得一提的是，該集團本年度的行動總稱「老鷹捉小雞」，而曾敏、年緯民等球員的生肖皆屬雞——他們下一波的目標，仍為肖雞（七十或五十八年次）的球員？

該集團的組織編制，也採「古之德禽」的分工方式：文禽、武禽、勇禽、仁禽、信禽，分別負責策劃、行動、交涉、跟監、取款……若以棒球位置劃分，文為捕手，武為投手，勇禽鎮守外野，仁禽把守內野，機動取款的信禽則形同游擊手……

《T報》的匿名報導，應是去年那篇〈掏空台灣陰謀論〉的延續。誰寫的呢？「還不就是鄭大！他們五年級的人不是變態狂，就是政治狂熱分子。」去年底小劉的爆料：「滿嘴陰謀論，從三一九槍擊案到大大小小的財經事件、社會案件，他們都能掰出一套說法。

這種人哦，憤世嫉俗，孤僻難搞，他才是標準的禿鷹性格。你笑什麼？記者志玲說，她拒絕他的求愛後，那位歐吉桑的性情就變得更怪異了，他的鳥窩一定私藏一到數具充氣娃娃。」

當時的我無心研究記者圈裡的八卦情仇，只是不經意發現三十出頭的小劉的地中海標誌——原來他過長的顱側頭髮總是由兩邊向上梳，試圖遮蓋光滑得幾近閃亮的腦門。

禿鷹算是五禽中哪一種？還好，網路上不難查到這些古老資料：

文禽，首戴冠者；武禽，足搏距者；勇禽，敵在前敢鬥者；仁禽，得食相告者；信禽，守夜不失時者。

文就是首腦，運籌規劃的決策者。武就是強勢行動派，在綁票案中負責綁人的行動小組。勇就是談判專家，和家屬、球團交涉的人員。仁就是負責取款的「車手」。信呢？針對警方監控行動的反跟監者，居中破壞、瓦解專案行動，就近監視被害人家屬或付款人的「臥底」？發送錯誤信息，引導案件發展的影子人物？

一行行沒頭沒腦的簡訊。一具頎長陰沉的灰色人影——數度與我錯身而過，跟監意圖明顯的中年男子。「小心！綁匪就在你身邊。」史伯伯常說的：「我的心有十五個吊桶……」

誰是主腦？誰是綁匪？誰是車手？誰是間諜？「老鷹捉小雞」行動只是更複雜龐大的犯罪計畫的一環？幕後還有多少犯罪高手蠢蠢欲動？或者，只是一群「E世代」年輕人（和他們相比，更年輕的我反而像個善良怯懦的老者）不甘於平凡過日的初試啼聲？

（愈來愈清晰的腳步聲。愈來愈迫切的危機感。）

其實，我最想問的是：為什麼是我？不是受害者，也非付款人，我只是個月薪三萬出頭的小記者，沒有身家行情，也無利用價值，為什麼，聚光燈就要籠罩我身，黑暗台下似有千萬雙眼瞳，惡狠狠、直勾勾盯視著我？

二月廿八日

Dear SHE：

最近好嗎？北國還是積雪的冬日嗎？忍不住想告訴妳：台灣下雪了。氣象局說，三月初還有一波更強大的寒流，台灣極可能出現百年難得一見的「三月雪」。我雖然困在灰濛濛的台北，無緣參與皚皚生輝的銀色世界，但翻開報紙，打開電視，從區隔畫面的景框一窺那齣雪舞嘉年華，合歡山、大雪山、玉山峰……還是能心領神會那寒意罩身的熱淚盈眶。

三月雪是瑞雪，還是凶兆？我不知道。如果有人驚豔於百年美景，也會有人為農作物飽受寒害而痛哭吧。就像每一天每一小時每一分分秒秒，有人快樂也有人痛苦。就像，每當我稱呼妳"Dear SHE"，其實我想說的是"Dear You"，一人雙化，影影幢幢的錯亂，妳的名。大寫的小名，喚起了一種小說敘事藝術裡人稱觀點的混淆。（酷愛英美文學的「妳」，比我更了解箇中曲折吧。）

就像，我們初識那天，人氣沸騰的熱戰，深秋的陽光為打擺子的我敷寫雪色流蘇。農曆大年初六的SHE在做什麼呢？「她」快樂嗎？這封mail，是在那個眾人皆樂的夜晚寫好的……

小寶　2.28深夜

二〇〇一年十一月十八日，天母棒球場外野後方的廣場，我孤立在熱情吶喊的人潮中，仰望大型螢幕上的激戰——世界盃棒球錦標賽的中日之戰。沒有買票進場，是害怕自己被攝氏一百萬度的高溫滴滴消解、融化，最後變成棒球癌的球癡。

不是消融，卻被點燃。高懸在冷空氣的巨型螢幕散發出流星暴般的光彩，弧光、晶點和熱流四處飛濺。投球、揮棒、接傳、跑壘。天上地下像是鋪蓋隱形巨網，網狀的火藥引子，每一條交錯線路都在燃燒。每一張臉孔，每一口喉嚨，每一對瞳子皆是森林大火的證據。「陳金鋒，全壘打！」「張誌家呀張誌家，三振他呀三振他。」我步步後退，退到擁擠廣場的荒涼邊境，視線卻離不開彩繪織錦的球賽畫面，彷彿那是口收妖的葫蘆。

「你怎麼在發抖？是太興奮了還是冷？」清脆悅耳的女聲轉移了我的注意力，驚鴻一瞥，我呆望著年輕自信，秀氣裡隱隱透著陽剛味的女顏。

「我……我……」收回視線，我低頭看著短腿之下灰漬破損的球鞋，久久，不敢再抬起頭來。

「你跟我一樣，不喜歡湊熱鬧，總是抽離自我，冷看眾人的歡笑？」一抹靜香，沉澱的陽光混合草木芬芳的女人香。

「我……我覺得遠遠觀賞，反而看得清楚。」抬頭看她時，我竟然又退一步：洗白牛仔褲搭配黑毛衣紅色運動外套，長腿、細腰、纖指（未塗指甲油），高個子，高挺的鼻子，柔美的頰線，削得極薄的短髮，凝脂般未施脂粉的膚色。

乳白色的清麗容顏。心一緊，像是有千萬隻小蟲在啃噬我的心肺血管。徹夜難眠的前夜……

「你是不是不舒服？怎麼又在抖了！」見我搖頭微笑，健康美女的唇線也跟著優雅上揚：「你這個人一定有與眾不同之處，朋友可能會覺得你是怪人。我姐姐也說我是怪女生，興趣怪，品味更怪，與生俱來的本錢不用，我哪像她，當記者像當名模。你猜我最想做的事情是什麼？」「你叫什麼名字？不說話，你叫莊孝維唷！我叫做……但我希望你叫我的英文名字。」

「打擊出去！球飛得又高又遠——全壘打！左外野的大號全打，陳金鋒的全壘打打破了僵局……」轟然響動，鑼鼓、鳴笛、加油棒和集體歡呼的聲響像核彈爆炸般輻散四射，我和她也同時「啊」地一聲又叫又跳，她對我伸出纖纖玉指：「來！Give me five！」

一擊掌，話題也開了。（我幽寂的心也變得忽明乍暗，像是有個頑童在裡面撥弄開關。）我們從張誌家聊到蔡仲南，早期旅日的郭泰源到陳金鋒。「什麼？運動傷害防護員？比賽中有人受傷第一個衝上場急救的那位？為什麼？」望著她的手指弧線，我竟然癡心妄想：自己是倒地不起的斷腿投手。「因為可以免費看球啊。哎呀！想歸想，要在男性的地盤實現小女子的夢想，恐怕不太容易。不過我還有備胎理想：去巴黎修英美文學，如果去不成歐洲，去上海、北京也行。」

修英美文學為什麼不去美國或倫敦，而是巴黎？當時的我來不及多問，而是像隻貪婪水蛭，偷偷吮吸那飛揚氣息裡的異色暗香，耳畔卻迴盪著前夜在日本料理店，史伯伯的諄諄話語：「年紀輕輕這麼想不開？唉！這些孩子，也是喜歡小說詩詞的文藝青年？小寶啊！你的出身背景更是與眾不同，答應我，一定要好好的唷！」

當然會好起來。認識她那天起，我的世界就像天母球場裡外的二萬多名球迷，快樂，躍動，滿懷信心迎接勝利，以及，會被細微事物、幽忽觸角感動得不能自已。我們約會的地點不脫陽光、綠草、紅土和河堤，各自帶著球具，進行專屬男孩的遊戲：她主投，我蹲捕；她隨興撒潑（十之八九是觸地暴投），我翻滾趴撲應接不暇，或者說，「硬接」那迅如流星的滑忽心事。

一直是如此。不知是她無意，還是我不敢自作多情？她愈是飛揚燦爛，我愈見膽怯猶疑。她不經意的一笑一顰，千絲萬縷，牽動我虛懸不能放下的一心一念。我們的招呼語是手掌互擊，而非十指交握；是豎起拇指的肯定，不是我暗自期待，眼神、私語和肢體的調情。我們做了兩年多的「好朋友」，你會因對方的快樂而快樂、痛苦而加倍痛苦，最後將自己囚在孤獨牢獄綿綿無期，無人聞問的那種朋友。我永遠找不到行蹤神祕、交遊廣闊的她；只要她想見我（她說我是唯一願意聆聽她的靈魂而不是垂涎她的外表的異性），山崩地裂，十萬火急，我就像出土蚯蚓那樣被曬乾輾碎，無所遁形，不，或許是，從不迴避。直到她突然決定赴北京唸書（我也正好考進報社），我，我的靈魂，畏縮肉身裡的害羞靈魂（她是唯一願意超越我的外表直視我的靈魂的女子？）終於得到將近一年的假釋。

直到，她不讓我送機那天，PLUSH之夜，又是驚鴻一瞥：金黃波浪長髮的「記者志玲」像火鳥般翩翩君臨集體男性的感官地獄，一眼揭穿了我的心事：（我則是偷偷將她卸裝易色：相近的容顏，酷似的眼神，抹去暗藍眉紋和煙燻妝的眼影，我會以為又和夢中情人相會。）「你失戀了嗎？她是誰呢？」

「她」是誰呢？

天母球場外，當我們樂觀等待勝利的降臨，「她」，在我眼裡寸寸放大的她笑得像神燈裡的巨人：「Babe？Babe ruth 的 Babe？好可愛，好神氣的名字。我叫做 SHE，S、H、E，大寫的 SHE。」「那三個女藝人團體的名稱嗎？」「不是，是渴望變成三個人的複數靈魂。」PLUSH 的熱舞空間，霓光閃爍，我輕扯小劉的衣袖：「她好像一個人，簡直一模一樣。她是誰？」煙黃透紫的眼眶像鏡頭般鎖定我，一晃眼，「記者志玲」已欺身而來：（天啊！渾身上下散發著 Erotic 的香氛。）「你把我當作誰了？我有一個不怎麼喜歡男人的妹妹……你失戀了呀……」

秋陽像是穿越三稜鏡的折射光線，我在萬縷千絲的光網中編織幸福的錯覺、戀愛的錯意，以及，日後怎麼也辨不清的疊身錯影。

三月一日

第二道指令傳來，以簡訊的方式，傳進史伯伯的手機：E say，讓我們來玩3．P遊戲。

猜綁票對象。

和老人家約在必勝客吃Pizza，一見面就拿出手機，橫在我眼前：「從『劈腿』、『六九式』到『3P』，難道他們又鎖定用情不專的選手？現役球員中哪些人是以花心聞名？」

緊盯著手機螢幕上的字樣，我像校稿員那樣一字一句、一筆一畫地檢視其中奧妙：「不對！應該不是我們所理解的3P。你注意看，3和P之間有一點，意思就不單純，說不定要拆開來看——」

P也不一定是person的縮寫。我想起PLUSH之夜，在酒精的催化下，「記者志玲」對我的半調情半搞笑：「沒有失戀？是因為還沒有初戀唷？真可憐，你試過3P嗎？」我愣了愣，沒聽懂她的意思（回想這段回憶的我，想到夢中三位pitcher同時對我投球），小劉忽然擠進我們之間，涎著一張臉說：「哎喲！Easy姐姐要來幫你放輕鬆。小寶，你想要Take easy，還是Tag Easy？」嗯，好一句棒球名詞（Tag，觸殺）的一語雙關。「記者志玲」一巴掌打在小劉的皮包骨上：「耗子劉，你滿腦子色情思想，我說的3P是今年流行的科技產品，ipod，GPS，和PSP，這是個Electronic的時代，笨蛋。」

一直微笑淺酌的鄭大也發表高論：「史家寶當過投手，Pitcher，是不是？不論是棒球或慢壘，身為投手的必備條件是4P：Pitches 指球種多樣，Power 指球速和球質，

Psychological edge 指精神力、心理素質，Perspiration 指埋頭苦幹的程度。克萊門斯的成名絕活。」

「他呀！哪有４Ｐ，只有三十Ｋ。」小劉笑得酒汁噴濺：「你們知道嗎？Burger 參加那個什麼狗屎警察慢壘隊的狗屁比賽，創下連吃三十Ｋ的記錄。運動細胞這麼差，換什麼投手餵球給他都一樣——打不到。」

低頭坐下。

「怎麼啦？生氣了？你不要理小劉，他這個人就是有口無德，愛亂說話。」溫熱手心覆上我的手背。望著她冷豔系的妝色，暈眩腦中忽忽閃過另一隻和我熱烈擊掌的寒冰手。有生以來第一次，我體會到「色慾薰心」的痛苦快感。她箍緊了力道：「大家難得是朋友，不要放在心上，好嗎？有幾位職棒分析師的朋友，想認識嗎？」

點頭。半感動半感傷地收拾狼藉的心情桌面，舉杯，往肚裡吞，不足為外人道，自我建構的卑微世界，我的４Ｐ：Pizza（最愛的食物）、Pitchout（反制對手打跑戰術的外吊球）、Proust moment（普魯斯特時刻，讓我沉浸讓我流連的追憶一瞬）、Puzzler（顛撲不破的詭計，推理小說式的生命難題）。

凌晨三點，喝醉的小劉（為聊表歉意？）堅持送我一程。坐上皮革味嗆鼻的新車。（BMW，極少數我認得的車種。）我用欽羨的口吻說：「這種車不便宜吧？我不敢想像有朝一日我買得起。」「還好啦！一百多萬而已，分期付款就不覺得貴了。你知道我的3P是什麼？」他睜著迷糊紅眼，大著舌頭說：「PLUSH，PLUSH，PLUSH。給我酒池肉林，其餘免談。史家寶，人的一輩子不是只有一種想法，一個身分，很多事情，得拆開來看……」

「拆開來要怎麼看？3是指誰？P又是什麼意思？」史伯伯見我久不說話，還是忍不住發問。

「還不能確定，也許是背號、代碼、特定數字什麼的。」搖搖頭，總覺得這是一則不完整的訊息，模糊的斷句，像是，拼圖的一角。「也可能是指『三個人』，『和3有關之人』。如果三月十二日真是歹徒的作案時間，一定還有更新的指令。」

「也許是 pieces 的意思。」史伯伯切下一片夏威夷口味的 Pizza，放在我的盤子裡。「時代真的變了。以前的歹徒作案，不外乎謀財害命、愛恨情仇，動機、背景、手法條理清楚，脈絡分明，不像現在的犯罪事件，故弄玄虛，支離破碎。你還記得多年前的『雙重人格謀殺案』，你第一次展現天賦，從此被局裡同事尊稱『業餘小偵探』的事件？」

「記得啊！我還在唸大學，見你愁眉不展，順口問問，從此就惹禍上身了。」一刀一劃將大片 Pizza 分屍解體，再拼合起來，卻再也不是原來的圖像。

「不要玩食物，小寶。」史伯伯拿走我的刀子，放在一旁，將大杯可樂送到我眼前。

「那位叫做GEMINI的年輕男子殺了變心的女友，推說是體內的惡魔，他的黑暗人格在作祟，而另一半善良的他並不知情。那時正值『雙重人格』、『多重人格』理論大行其道，許多國外案例皆採信這類說法，還有所謂的心理學專家幫他背書，拿出那人童年受虐的背景，說什麼深受刺激，另一個人格就會出現，但邪惡人格深知善良人格的一切，善良人格卻不知邪惡人格的存在。警檢被弄得一個頭兩個大。我雖然感覺不對勁，但苦無揭穿謊言的證據。還記得嗎？那一天，我們也是在吃Pizza，幫你過生日，嗯，好像又快到了。你聽完案情後，輕描淡寫地說──」

「你將嫌犯的敘述，從頭到尾再說一遍。」

「我說，嫌犯說：『那天赴女友家試圖挽回愛情。一進門就聽見劇烈爭吵聲，女友倒在地上，到處是血。一個黑影站在她身旁，看不清楚是誰。隨即，那黑影走向我，一陣天旋地轉，我失去知覺──就像以前遭逢極端憤怒、悲傷時那樣突然昏迷不醒。我不知道發生什麼事。但我深愛她，願意為她奉獻一切。我不可能下手殺害她。醒來後發現自己滿身是血，兇刀就在我手上──』說到這裡，你打斷我，笑著說：『那位GEMINI是蓄意行兇，再偽裝成精神失常，他的人格問題我不清楚，倒是在人稱觀點的部分出現破綻。』我問為什麼？你說——」

「現代精神醫學，不論在理論或技術層面，大概還不能百分百說明『多重人格』的存在或不存在。」只是，我的生命中的「她」，為什麼縈繞於心，徘徊不去，像一道Shadow？

「只是，據我所知，這類理論是建立在『邪惡人格深知善良人格一切，善良人格卻不知邪惡人格的存在』上，而那位GEMINI醒來後也『不知道發生什麼事』，好了，請注意，這是一則人稱觀點謬誤的謀殺案，『不知道』的善良人格是限制觀點，『深知一切』的邪惡人格屬全知觀點，問題是——你還記得我怎麼說嗎？」

「不記得了，你說得又複雜又奇怪，超出我的觀點之外，我只記得你幫警方破了案。」

「聽清楚囉！老爺爺，我再說一遍。」虛榮感油然而生，我開始舉起叉子攻擊碎片，細嚼，慢嚥，品嚐對我而言千金不換的美好時光。「依照多重人格理論的邏輯，『限制觀點』的善良人格到達現場——甚至可能不知道自己到達現場——後，應該是先『失去知覺』，醒來後才發現女友倒地，自己身上和屋裡『到處是血』。他的『從進門後……』的敘述方式，已經超越了善良自我的視角，也使脫罪之詞不攻自破——你們不需要證明他的『雙重人格』的真偽，也不必求證理論的虛實，他巧妙建構的犯罪模式，反被自己的敘述方式推翻。再者，從試圖挽回到殺人的過程，不見『重大刺激』，邪惡人格從何而出？若要硬說刺激來自女友變心求去，那邪惡人格早該在進門前就出現，善良的他也就意識不到『進門後』的種種。黑影之說更是畫蛇添足，既然從未意識到邪惡人格的存在，『黑影』又能說明什麼？除非他的脫罪理由是精神分裂、幻視幻聽。」

滔滔雄辯戛然而止。（眼前又生交映疊錯的儷人之影。）Pizza 店內的沸語聲，落地窗外的車潮聲像海浪般襲捲而來，粉碎我的封壁，我望著迷離時空、流轉回憶裡不真確的結點——時隔多年，為什麼總能一字不差，刻印般複誦那段事蹟？因為那是我的「全壘打」？還是，某種刻骨銘心的彩排？我終將面對的迷離情境？

「忽然不說話，想到什麼了，小寶？」體貼的老人家又遞來一大片濃濃口味的海鮮什錦。

「以歹徒喜歡求變的手法，這回的綁票對象可能真的是複數，或者，某個角色不只是單一角色，而是另有用途。」

「另有用途？你是說一人分飾多角？前兩回合的關鍵人物，在第三回合仍有作用？」

「我想到一個人……」被痛苦、憤懣綑縛的魂靈，被名利、成績綁架的天才。

「李駿材？」老警探搶先一步說出口：「當初歹徒指定他上場的用意依舊是個謎。那一段交付贖金的過程，只有他和歹徒通話，事後卻是三緘其口，只冷冷表示『該做的我都做了，你們以為我很輕鬆嗎？』不瞞你說，警方一直在監視他的行動，目前尚無異狀。但你們記者圈有消息傳出，李駿材和曾敏除瑜亮情結，還有奪愛之恨，好像是搶過他的女友，據說他曾在某次酒敘後透露曾敏是他心中永遠的痛，詳情我們會繼續調查。而且，他雖然『救回』曾敏，球團仍可能在現實考量下，將他除名。」

「我想到是曾敏。最有可能，也最不可能涉案的天才投手。他也是我『胸口』永遠的痛——」遲疑了半晌，還是不要說吧，KENT曾透露，職棒聯盟正在暗中進行禁藥調查事件，鎖定對象竟有半數以上的年輕球星，飆速型的曾敏正是「投號戰犯」。為恐打擊職棒士氣，調查結果未出爐前，聯盟鄭重要求媒體，不要張揚此案。

「嗯，他也在觀察名單之中。我覺得他和E集團串謀詐騙贖金的可能性很高。你也算是和他一起長大的，你覺得呢？」

一人雙面，喜怒無常。天才的特質？暴君的本色？「小寶哥，聽說你去大球場看球？很棒吧？你當我的捕手好不好？」十二年前，野草蔓生的後院，十二歲的左撇子投手展開「魔鬼球路」的初體驗：閃爍、滑忽、快得不及眨眼，痛得刻骨銘心——那一枚枚失速流星閃過手套，直擊胸口。我非球探，也不懂剛速球、單指曲球、四縫線直球之間的變化運用，但那一瞬間，猝不及防無能反應的一瞬，十餘公尺外的稚童忽忽長成英姿煥發的未來之星，我彷彿覷見一代名投的原初模樣。

會是他嗎？如果我擁有上帝恩賜的流星禮讚，我會怎麼做？

「我和他的出身背景相同，但不算是一起成長。他是過動兒。我是自閉少年。在孤兒院時我就不了解他，離開那裡後，每一個人都急著尋找自己的人生，彼此間幾乎沒有聯繫。」

揮別童年的方式，是忘記過去，還是擁抱創傷？面對遺憾的方式又如何？「史伯伯，你不是一直想告訴我，我那個『犯罪天才』老爸的事？以前每次發問，你都說我還太小，不懂……」

「你爸爸是台鐵縱貫線和東部幹線的著名扒手，綽號『黑狐』，和同門師弟『銀狐』並稱警界『最頭痛的要犯』，也是我全力緝捕，想藉此揚名立萬的頭號目標。我們派人長期跟監、埋伏，設下誘餌，想來個人贓並獲卻屢被識破。我也曾在北迴線找上黑狐，後來在大台北捷運網單挑銀狐。妙的是，我的獵犬本能總是嗅出他們的作案、藏身地點，也總在最後關頭棋差一著，眼睜睜看狐狸兔脫無蹤。唯一逮著黑狐那回，也就是我生命中的最痛，永遠抹不掉的憾恨……唉！那齣故事，過幾天再告訴你好嗎？」

「當作我的生日禮物？」淡然一笑，我其實不怎麼在意兩位「父親」的過節，也從未意識到生父的存在，以及，他在我的生命中的意義。「哈！你去年送我的 smart phone，直到現在我還是只會撥、接、收發簡訊，其他的『神祕功能』對我一概無用，你是送錯人了。」

「不會，我不會再看錯人或弄錯什麼。」老先生神情忽然變得嚴肅、專執。「這幾天我得去找一個人……」

「什麼人？」

「直覺告訴我，不能再弄錯狀況、看錯時機的人。」抿嘴微笑，自信飛揚的神情，像隻老狐狸。

三月四日

重閱mail裡的收件匣，點出第一封「情書」，去年此時「她」遠赴北京那晚，捎來的問候。

Dear Babe：

你有因為過度思念某人，或渴望某事某物而覺得自己快要被撕裂的感覺嗎？

想要扮演他人，或想要逃出自我，是不是也要承受身首異處、魂靈分裂的痛苦？

不明白？但是你願意聆聽，用心揣摩，努力想像，對不對？認識你兩年多，你是唯一不垂涎（對不起，我用了這個將男性汙名化的字眼）我的外表的朋友，或者，不以男性的眼光凝視女性，將女人視為物化女體的男子。

你也有寤寐服之的夢中情人吧。加油！你的豐富、敏感和善良，會是許多女生夢寐以求的情人定像。

你問我為什麼要當自我生命的「他者」，但我喜歡你稱呼我「她者」——不是犧牲奉獻的母者，也不是嫵媚多情的女為悅己者，我就只想扮演純粹恣意的大寫的SHE：Soal，Heart，Epic（史詩般人生）。當然，如果你有機會認識我姐姐，你將見識到Sexy，Happiness和Erotic的無邊魅力。

祝你 找到真愛

SHE 3.19

三月五日

小鷹已老，猶能高飛？

坐在天母球場的貴賓室觀賞兩代退休球員合演的「李瑞麟紀念棒球賽」（帶我進場的鄭大說：「反正例行賽還沒開打，先看場表演賽過乾癮吧。」隨即又補上一句：「找個時間一起去看象隊的比賽，我們稱之為『E的戰爭』，怎麼樣？」）感覺很奇怪（那些名揚一時的球星已經發福或者蒼老得難以辨認），感觸特別深（場上超過半數的球員曾在十二年前聯手締造我的棒球啟蒙大典），周圍較資深的記者們或長吁或短嘆地話當年：「如果不是因案纏身，這群時報鷹的球員應該還是職棒主力。」「不簡單喲！打得很賣力呢，他們是想證明自己清白？還是要洗清羞恥的過去？」「他們的恩師李瑞麟會怎麼看這群子弟兵？」

房間另一側的KENT則是和幾個似曾相識（好像是在PLUSH有過一面之緣的「職棒分析師」——估算職棒賭局盤口的人士）的中年男人說說笑笑，不時互咬耳朵，爆出聲浪。剛進門時，KENT特意給我一個Give me five的手勢：「你也來啦？我看你乾脆跳槽到敵報的體育組，這樣我們就可以一起跑新聞了。」

我靜靜坐在第一排座位，默讀浮光掠影般的現實裡真確難忘的回憶，黃平洋、陳義信、涂鴻欽、曾貴章、廖敏雄……也準備收聽老球迷鄭大滔滔喋喋的棒球經：「你知道黃平洋『金臂人』的封號怎麼來的？職棒二年總冠軍戰，七場比賽他一共主投了三十六局，哪像現在的投手，撐不滿七局就好像武功盡廢……其實真正的『金臂人』是郭泰源，一九八三年亞錦賽，為爭奪八四年洛杉磯奧運的參賽資格，他在最後一天連戰韓、日兩強，連續主投十七局，一分未失。」或者，他會這麼說：「誰是『恐怖的第九棒』？一九九二年巴塞隆納奧運時的廖敏雄，有哪一個第九棒打者能連續轟出兩支全壘打？」

靜默。無垠宇宙的沉寂無聲。老球迷竟也一聲不吭笑看（臉上的微妙變化，像是觀賞經典電影回顧的戲迷表情。）窗外不似拼搏倒像祭典的肅穆球賽。「東山再起？難喲！我知道廖敏雄一直在做自主訓練，但可能嗎？江山代有才人出……」唯一的亂流，來自KENT的高分貝嗓音和濃嗆煙氛。「我跟你們說，根據千真萬確的線報，一代鷹中有人揚言對職棒聯盟採取報復行動。」聲音忽然壓低，但可能是角度問題，正好一字不漏傳進我耳裡。「那是一系列的毀滅計畫，包括串連黑道、擾亂賭盤、製造假球賽，最近的藥檢風波、綁票事件可能也有關係。」

我轉頭看了鄭大一眼，（奇怪，我為什麼那麼在乎他的反應？）想到史伯伯的猜測：「E先生的可能身分，一警界，二棒壇，三熟悉棒球之人，四……」

雕像臉廓依舊保持著瘦削不失纖細的線條。眼不眨，身不移，嘴角紋動，捲起如泡小渦，細微得幾乎辨不出意味的變臉。會意的微笑？嘲諷的表示？莫名的糾緊，我的心反被套上繩索，牽引到似悲似喜如懣如怨的境域。那是誰的內心世界？

「可是，新藥檢標準不是採用美國大聯盟最新頒布的辦法？許多大聯盟用藥成習的名將，都因這套嚴格制度而現形了。」某位女記者的反問。

「哎呀！妳新來的不懂。」KENT大辣辣地揮手。「道高一尺，魔高一丈。有法就有破，再嚴格的律法，還是管不住存心投機的人。就拿嫌疑最重的曾敏來說。就算查出服用禁藥，聯盟還是面臨兩難，畢竟，球速一五五公里的魅力，不是聯盟付得起的損失。聽說，左手天王的初登板，安排在C球團賽程第一個週末之夜……咦？打完了！咱們趕快進去。」

比賽結束。結束在非關勝負的感傷氛圍裡。記者們湧進場內，各自包圍採訪對象。我跟隨鄭大站在貴賓室門口，旁觀鬧哄哄的散戲。手機響了。就在我掀起機蓋（史伯伯的來電）的瞬間（同時感覺到身邊之人像隻狼犬般豎起耳朵），抬頭瞥見三壘看台上一具頎長熟悉的身影：深藍色西裝，黑亮整齊的頭髮，專注的神情，（他在凝望場內哪一個角落？）以及，模糊憂傷的雙眸。

「喂喂！小寶啊！怎麼不說話？」

「哦！沒事。怎麼樣？又有新指令了嗎？」

「是啊！注意聽，『E say，高手雲集，猜兩球團，3P就在其中。』」

三月五日

「在你眼中，S、H、E這三個英文字母代表什麼？」

隔著忠誠路，我們坐在天母球場對面的Starbucks Coffee。這一回，是我主動邀鄭大咖啡敘。

「Strike，Hit和Error，棒球三元素，如果集中且依照順序發生在同一場比賽，那就不妙：以好球開場，安打擴大差距，最後卻以再見失誤收尾。」簡單明瞭的回答。

「搞不好是Sinons hit Elephants，S球團痛宰E隊。也可以是Safe安全上壘、Heater快速剛猛的直球和Extra innings？」瞪著鄭大若有所思的眼睛，我勇敢投出一記heater。

「當然可以啦！怎麼，你在修棒球學分？還是在玩棒球猜謎？」笑開的弧線，有點像海釣高手迎風拋出的優美釣絲。

「再問一題，『高手雲集』是指哪個或哪兩個球團？」

「你的表情應該是成竹在胸，你的答案是什麼？」愈來愈深邃迷人的眼神，像是緊盯著晃動的浮標。

「L球團。他們擁有高志綱、高龍偉、高政華、高國慶等高姓選手。這個問題是一位不知名的朋友在網路上問我的。但我想不出第二個答案。」

「高手……高姓選手，呵呵，那就再轉個彎，變成高個子的投手或野手如何？」他從手提包裡翻出紙筆，開始塗塗抹抹。「嗯……林恩宇、楊麒嘉……有沒有可能是C球團？這隊的投手特別高，楊麒嘉的身高一九二，李駿材的身高一九〇，剛加盟的曾敏身高一九三，林恩宇也有一八幾，還有其他一八〇以上的本土投手……」

L球團，C球團，啊！這不是第一波行動和第二回作案的二重奏？歹徒想要故技重施，針對同樣的球團下手。

「這個問題是誰問的？有趣唷！你看，C球團的『高手』都是代號1的投手，你知道從1到9，正是九位守備球員的代號，而計分板上的投手Pitcher又簡稱P，L球團部分則涵蓋高龍偉投手1，高政華、高志綱等捕手2，高國慶一壘手3……」

123自由日。3．P遊戲。投手1，捕手2，一壘手3，二壘手4，三壘手5，游擊手6，左外野手7，中外野手8，右外野手9。是啊！3．P是指三位投手？還是一壘手和投手？「123自由日」除昭告日期，也暗示相關人員不脫投手、捕手、一壘手？牽涉到的兩球團，各取其一？C球團的某投手和L球團的一壘手高國慶？（如果是高「國慶」，應選在十月十日或二二八下手吧！唉，趕快停止胡思亂想。）不對，謎題是「高手雲集」就不會出現露餡的「高」姓謎底，那是誰呢？

「而且，乍看之下，兩球團的交集在投手1，這麼想，L球團的高龍偉就是答案？恐怕沒那麼簡單。我不知道你和那位網友在玩什麼？但這題外藏題的出題方式，是聰明人所寫，這麼說吧，『交集』的奧祕不在投手的名字，而是投手代號1或P，這個『1』或『P』能再轉化成什麼？只有你們當事人才明白了。」

大範圍（球團）已經浮現，下手目標（球員）是誰呢？題外藏題的詭計，或者說，歹徒欲言又止的計畫，不是單一指令可解，而是靠多重謎題、數道暗示來合譜真相。缺了一角的拼圖，像欠缺結尾的故事。什麼時候，才會出現關鍵性的圖騰？「你會去看開幕戰嗎？就在下個禮拜六了。」

「大概不會吧！通常星期六是我們報社最忙的時候。今天本來是要去文山區某個燒炭自殺的現場，正好你約我看球，我就耍賴不去了。鄭大哥會去台中看球嗎？」

「是唷，今年開幕戰是在台中S球團的主場進行，對手是L球團。我連兩隊去年的冠軍戰都懶得看了。沒辦法，誰教E球團去年不爭氣，『Sinons hit Elephants』，在季後賽納涼。不然這樣，三一九天母有場E球團和C球團的對決，聽說C球團準備讓超級新人曾敏先發，作為他的處女秀。如果你不是那麼忙或剛好忙完了，會有興趣嗎？」試探性的問法，又像是暗示什麼似地眨了眨眼。

「好哇！不過，為什麼選在那天？」我覺得自己像餓極了的流浪犬，對著陌生人類的不明手語遲疑發愣。

「你應該知道我是老象迷，雖然對現在的小象寶寶們不滿意，但對過去的緬懷，還是忍不住移情到他們身上。那天也是某些團體上街頭的政治動員日，台北城一定熱鬧非凡。讓你選擇，你會上街頭？還是進球場？」又是重重地眨眼，右眼瞪視，左眼眨閃的酷異暗號。（他到底想說什麼？）像是兩套交叉並出，彼此詮釋又互相拆解的密碼。

三月十二日

殘缺一角終於在關鍵之日補齊。

「猜不出來嗎？再給你們一道指令：E say，**雙龍抱，猜兩球員和總金額。提示：此為老麻將術語。**」

「怎麼樣？小寶，歹徒明言綁票對象是『兩球員』，會在L球團、C球團各選一位，而其姓名、特徵又和『龍』字無關，是嗎？」

我坐在台中棒球場的右外野一角，（今早奉命南下出席「中部打擊犯罪中心」的記者會——事關南投某富商的綁票勒贖案，傍晚接到史伯伯的「雙龍抱」電話後，我就決定買票進場，在轟轟沸沸的職棒開幕戰閉目冥想。）苦思這道神龍無蹤般的謎題玄機。（如果攝影機掃過外野看台，一定會有人發現歡笑昂揚的群像中夾藏著一張苦瓜臉。）「雙龍」是什麼意思？為什麼和贖金有關？陰溼的氣候，膠著的戰況，土洋的對決（S球團的陽建福對上L球團的新洋投林登），暗中的歹徒要如何出手？在比賽進行中發動攻勢？唉，我的魂不守舍恐怕糟蹋了這齣五五波好戲。

「史伯伯，『雙龍抱』的特色、牌型是什麼？」

現場爆出歡呼聲，地主球隊演出Double play，結束了對手攻勢。

「我也只會打台灣麻將，只知道清一色、湊一色、門清一摸三，別看我是老山東，外省麻將我是一竅不通。」

怎麼辦呢？「啊！下雨了，史伯伯，我想想再打給你。」豆大的雨點像奇兵般從天而降，迅速佔領球場、看台和原本熱騰騰的氛圍。人群驚散，球員退場，眼前變成雨花水舞的世界，而退無可退的我則是撐著傘在雨陣裡發獃。

「你不打麻將，因為不愛賭博？其實，人生何處不是賭局？我的前男友說的。」三年多前的天籟從那座扇貝球場傳到我潮溼的耳畔，巧笑倩兮的回音：「他是資深記者，也是麻將高手、棒球癡，我姐姐一直嫌他老，反對我們交往，其實是看不起收入有限的同業。你這麼木訥，大概也不喜歡記者吧？他打麻將不愛做清一色、大四喜，只鍾情於雙龍抱或全帶么，說那是藝術家的牌路，有一種『傾斜緊張的均衡結構美』。知道我怎麼看這位老男人？Uncle Charlie，也是一種球路名稱，以不可思議的角度進壘的大幅度曲球。」

不可思議？從 PLUSH 之夜，我的記者生涯開始，就被層出不窮，不可不思議的難題綁架。

簡訊鈴聲。但願不是廣告或詐騙訊息，而是我的救兵來到。

「雙龍抱就是兩個一般高，EX. 一二三萬一二三萬，七八九萬七八九萬。」

呼出一口大氣，順便對暗中窺伺的對手吐舌頭。他是何方神聖？確定我能解開如此「言簡意賅」的提示？（但我好像嗅到了答案的氣味，只是還欠缺一段推理的說詞。）聽說麻將高手能巧妙變化自己的牌路，還能根據對手的出牌，算出其他三家的牌步。神祕先生知道我在聽牌？算了，我知道重點在「兩個一般高」——兩兩對稱的疊合結構：身高和累積的數字總和。一千萬、二千萬之後的順序就是三千萬，一千萬加二千萬的總和也是三千萬。至於「身高」的問題，我用脖子斜夾著傘柄（上半身立刻淋溼了大半），伸手在包包裡翻資料——有了，兩份「小檔案」裡記得一清二楚：「身高、臂長和球速皆高人一等」、「L球團歷來身材最高大的一壘手」，一九三公分就是「雲集」中的交集。呼！這就是神祕先生為我搭造的牌路？E集團的 Double play 演出？出人意表的故技重施，一模一樣的高招？

比賽仍僵在因雨暫停的等候期間，第三局結束，比數三比三。三十分鐘內不見雨停或場地已不堪使用，就得保留比賽，擇期再戰。這突來的停賽，會打亂歹徒的計畫？歹徒如何因應驟變？事前備好各式腳本，伺機而作？只是，既是比賽，天候又不穩，原就充滿不可預料性，想要避開不可預料……啊！不對，我趕忙撥KENT的手機，幾聲鬼哭神嚎般的待機音樂後，電話通了。「喂！KENT嗎？你在台中棒球場的記者室嗎？」

「是啊！開幕戰就遇到下雨，真掃興。小寶你在哪裡？看轉播嗎？」

「我在台中棒球場的外野看台——」

「是嗎？」拔尖的興奮語調，KENT的心情大概很好吧。「你來看球怎麼不跟我說？幹嘛在外面淋雨？要不要進來？」

「沒關係，兩個問題向你請教。第一，L球團的年緯民現在是不是在球員休息室？你有看見他嗎？」

「年緯民？他因綁票事件而傷到手部，暫時沒有登錄，根本就沒有隨隊行動。」

糟了。「第二個問題，藥檢結果如何？曾敏會因禁藥問題遭到禁賽嗎？」

「這你放心，曾敏現在是一千CC超重量級新人。」

「什麼意思？」說真的，曾敏過關，才是我不放心的開始。

「黑名單上沒有他。這位左手天王將會抱著一千萬簽約金clean地進入C球團。」

糟了糟了，歹徒不知藏在哪裡，但準被害人都有「不在場」證明。我立刻收線，改按設定3：「史伯伯，趕快去查曾敏和年緯民的下落，他們極可能是『123自由日』的下手對象。」

「又是他們嗎？太不可思議了。」老人家暴吼的聲音和愈來愈綿密的落雨譜成不和諧的交響樂。「我這就去查，你等我電話。」

等候。等候雨停風止，水落石出。「各位熱愛棒球的球迷，很抱歉，讓大家久等了。由於雨勢過大，因雨暫停時間也超過規定的半小時，這場比賽無法繼續進行……請各位保留票根……」捏著票根，今年第一場例行賽的門票，也是我買票進場，獨自看球的初體驗，我略顯肥腫的指掌不由自主地顫抖，彷彿緊握著某個神祕世界的通行證。「少年耶！ㄚ嘸走喃？你猶原係超級死忠ㄟ球迷啦！」人群漸散，一位撐黑傘的老伯伯經過我身邊，微笑著露出一口保養得很好的潔白牙齒。我勉強牽動嘴角肌肉，還以苦笑，眼睛卻離不開夜間燈光和雨瀑交織映射的魔幻水世界：蒼茫遠方的小丘，彷彿佇立著一具五短身材的投手背影，低頭，環顧，仰望，回眸，彷彿在尋找隊友，陪他打一場沒有結局的戰爭。

一九九一年　某個冷雨之夜

「我們要巨蛋！」「郝院長，我們要巨蛋！」十四歲的我站在大雨滂沱的銀色世界邊緣，台北市立棒球場右外野九號入口，伸展雙臂，仰接冰寒的雨箭和某種悄悄滋長纏繞攀爬的心情。冷雨澆不熄熱情，大水也驅不散人群。場內、場外，穿雨衣撐雨傘蜂湧而來的球迷愈來愈多。我不知道場內正進行職棒二年總冠軍戰的最後一役，沒有雨具，逕自站在天寒地凍裡的神祕光圈處取暖，而忘了「逃亡」計畫。(我永遠記得院內的問題兒童名單：史家寶，自閉，不合群，有週期性離家出走問題；曾敏，過動，不合群，好說謊……)

低頭。環視。眺望。聆聽。我的大平頭髒球鞋和被雨水浸透如冰膜的薄衣。「哇！黃平洋再度登板救援，他的投球局數已超過……」「三振，又是三振，這場比賽多了好幾位三K黨。」入口處的斜長階梯像傑克魔豆那樣，生枝長蔓，伸向未來歲月的天空。踟躕。徘徊。熱眼旁觀。跟隨人群歡呼起鬨。摸遍身上口袋，唯一的百元鈔買了一顆破損的球，(賣球男子指著津津蘆筍罐上的變形球體：「小朋友，那叫做棒球腫瘤。」) 忽然想吃牛肉麵，(已經一整天沒有進食，我哆嗦在雨中啃咬掌中的「腫瘤」。) 掏出最後的銅板，打了一通公用電話：「喂！史伯伯，我在棒球場。我很好，不要緊張……什麼位置？先來猜謎：打者最不喜歡的黨派，給您一個提示：世上只有媽媽好，想到答案了就來找我。」

三月十三日

雨還在下。空氣既溼且冷，天空像正在融化的冰河。

「怎麼樣？想到答案了嗎？**『E say，兩顆子彈的真相，猜付款日期和指定位置。』**」

不到廿四小時，就在警方確定了兩位球員再度「失蹤」，第五道指令亦同時下達。

「這題不難，想必歹徒不希望我們猜不出來。」

「『兩顆子彈』是指三一九槍擊事件？交款時間就在三月十九日？咦？你不是說，那天預定為曾敏初登板的日子？」

「時間不是問題。我覺得『指定位置』一定暗藏我們還不知道的訊息。而且，為什麼還選在那一天？」與其說是疑問，不如說是忐忑不安的塵埃落定，好像不必經由謎題，也可推算出那命定的一天。也因為無可迴避，我更想知道，歹徒為什麼還選在「那一天」？

「那一天除了兩地開打，還有藍綠政黨的對決。歹徒也許想趁亂取款或利用街頭運動，球場騷動——尤其是E球團對戰C球團的天母球場——作掩護，天知道他們要怎麼玩？但我的直覺是，這回的決戰地點是在台北。小寶，你認為呢？」

「我們還不知道『真相』，我的想法和你一樣，應該是沒錯吧？對了，這一次，歹徒是怎麼知道你已經解出答案？」

「我不知道他們從何得知，但很顯然地，我們的一舉一動他們都知道。也許像電影《無間道》那樣，有黑道弟兄在警界臥底。說到解題，你還記得十四年前那晚，我在台北市立棒球場找到淋成落湯雞的你的事嗎？你出了一道怪題目，答案究竟是什麼？」

雨停了，天色像破涕而笑的童顏。我也像個惡作劇得逞的頑童，握著話筒回想那一夜的情景：滿頭滿臉水線，唸唸有詞，比我更狼狽的老人家一把抱住我：「啊！終於找到你了，能不能先告訴我答案是什麼？」

「不知道答案，你是怎麼找到我的？」我歪著嘴，努力不發出笑聲。

「你忘了地球是圓的？我足足繞場九圈才發現你。」

「那就是答案了。你沒注意到，當時你的背後有個大大的9字？」

「我急都急死了，哪裡管得了那許多？每一次你『失蹤』，我都發誓一定要將你找回來，一定不能讓你出事。」窩心的回答，讓我突然有些歉然：難道，這才是我『失蹤』的目的？

「我不斷告訴自己，一定要找到答案，一定要『破案』。可是，你一直不肯揭曉謎底，而要我用你的身世之謎來交換……」

「打者最不喜歡的黨派是『三K黨』。K是三振的意思，三三得九。至於『世上只有媽媽好』，史伯伯，你不記得了嗎？從我五歲開始，你每年幫我過生日，我都會哼那首兒歌，你為了安慰我，將歌詞改為『世上只有媽媽好，吾家有位史家寶，聰明無人出其右，天長地久是瑰寶。』很爛的詞……」很爛的對白，我原想說：我在今夜雨停後再也擺脫不掉那晚淋雨的感覺。「你的歌喉又難聽到不行。只是，來到右外野九號入口的門外，我就再也不想走開。」

靜默。靜寂無語，滴滴涓涓的流動。

「嗯，咳！還是太難了。」粗啞、泛潮的嗓音：「你才十四歲，出的題目應是『棒球比賽的局數』、『不准攜帶什麼動物進場』或『旺旺仙貝』之類的。」

我放聲笑了，傾吐的笑，也是遮掩另種情緒的笑。但我還是努力裝出正經的口吻：「老先生，我是在孤兒院，不是在啟智班。」

「你這個小鬼……咦？等等！」清朗無遮的大笑聲。「好像有簡訊，我待會兒再打給你。」

放心。收線。收訊。放線？我的笑容維持不了十秒鐘，穿越史伯伯手機的異類訊息，像球吻般直擊我的大腦天線。

十分鐘後，史伯伯來電：「歹徒的最新指令：『E say，三十而立，不是棒球記錄，比黃金陣容更完美的組合，猜付款人選和贖金內容。提示：L球團釋出球員名單。』

天旋地轉。不是驚異，而是應驗的腦脹。

「是指三十歲的球員？背號三十的選手？」

沉默。深呼吸，重嘆息，止不住的暈眩。

「會不會是薪水等級？我在報上看到今年全聯盟最高薪的球員是E球團的彭政閔。月薪正好是三十萬，會是他嗎？」

無言以對。

「怎麼了？怎麼不說話？你一定想到答案了對不對？他們要的人是誰？」

輕輕，輕輕吁出一口長氣，像牛棚投手初熱身的長傳球。我儘可能鎮定地說：「他們要的是我，史，家，寶。」

三月十八日

Dear Babe：

台北的寒流過去了嗎？北京的春天已在雪融的腳步聲中悄悄降臨。

想你。想念台北的每一位朋友。想念的王國是什麼樣子？光之屋？影之界？聲音迷宮？氣味暗房？一旦啟動想念的魔咒，我們的世界就會陷入雙重曝光的虛無幽冥？

如果再同時開啟渴望、夢幻兩道大門呢？

你會不會回看自己從前的樣子？想像未來的模樣？感到是我非我的迷惑？有些人一直停留在某處，有些事情，卻是一去不復返。你希望自己在別人心中是什麼樣子？會不會害怕被遺忘？謝謝你記得「她」，愛護「她」，而不是將「她」當作生命中的他者。

很想和你重新走進陽光和綠野，談天，說地，看球。

永遠為你祈福的 SHE　3.18

e說寓言之八

「La new 隊最不喜歡什麼年？」

「狗年。他們擔心會變成『狗熊』隊。」

「說到狗，澄清湖球場為什麼又名『打狗』。」

「因為澄清湖球場在高雄，而高雄的古名為『打狗』？」

「不對！職棒十五年，La new 的許堯淵曾在澄清湖球場擊出一支全壘打，不偏不倚正中外野看台上一隻叫做錢錢的小狗，害那隻狗狗緊急送醫。」

「請用一種動物形容牛棚戰力不足的 La new 隊。」

「嗯……不知道。」

「答案是無尾熊——沒有好投手上場收尾。」

「我也問一題，E迷最不喜歡的電視節目。」

「ㄟ……是什麼？」

「氣象報告。」

「E隊為什麼在新竹球場的勝率特別高？」

「因為新竹又名『風城』，E隊陣中有位前洋投名叫『風神』。」

Inning 9（上）

關鍵失誤

三月十九日

豔陽高照的午後，身著運動服、薄夾克，手提黑色小包的我站在國父紀念館萬頭攢動的人潮後方，東張，西望，儘量讓自己看起來輕鬆、愜意，耳朵卻在留意手機的響聲。

遊行隊伍一波波、一股股、三三兩兩或成群成堆地前進。「我們要真相！」「我們要真相！」嘹亮的口號聲響徹廣闊的大東區街巷。寶藍色的天空透亮如鏡，教人不敢睜眼直視。我的心情，也像剛晾乾的洗白牛仔褲，潔淨，輕軟，半期待半忐忑，泛著冷洗精和陽光交糅的曖昧。

「我們要巨蛋！」壓低聲音（只在我的咽喉胸腔迴盪的重低音），遙遙呼應前方口號。如果遊行像一場球賽，排列整齊的隊伍就是循序入座的觀眾，訴求的口號、標語好比投球與揮棒，群眾的呼應如同球迷的吶喊，湧動的人群很像熱情繞場的波浪舞……

「在哪裡交款？E say，永遠不會被遺忘的老人家，猜地點。怎麼樣？夠簡單吧！記得，跟隨群眾行動。」昨晚和E集團的賽前交鋒。雖然不是面對面的決鬥，而電話裡的聲音也經過變聲器的偽裝——扭曲歧亂的音符，可全在我的心中之譜？

一字字、一行行的交集、共通、重疊和疑點，一道謎題、某個指令的暗示與巧合，滿紙潦草凌亂的「賽前資料」，皆指向我不忍面對的謎底。

「國父紀念館，是吧？你們的決戰點是在大台北？哪裡都可以，只要不是叫我坐上飛機，境外付贖即可。」

史伯伯最擔心的「境外匯境外」，最近數宗天價級（金額上億）綁票案的付款模式。因為那會牽涉到兩岸三地，甚至其他國家的協調聯合，而非台灣警察所能獨力完成。

「應該不至於。境外匯款的刺激性不夠，不能滿足歹徒『正面對決』的犯罪心理。」我的判斷。

「你放心，我們是傳統的棒球迷，喜歡交手的感覺。就如你所願，在台北市人最多的地方進行最後一局。」

人潮翻湧，蜿成流動的光河，熠熠閃閃的大隊人馬朝仁愛路的方向前進，振臂，牽手，高呼，低語，像是在參加一齣超大型的嘉年華會。「藍綠各自動員百萬人上街頭，你有參加任何一方嗎？」去年大選前，不喜歡湊熱鬧的SHE問我。「我只想參加百萬人參與的燦爛之戰。妳想，如果有一座球場，可以容納百萬人……」「為什麼你特別喜歡巨蛋？」「因為……」

因為巨蛋的造型像塗滿鮮奶油的巨型蛋糕。說不出口的理由，終於在昨天下午找到明確的意象：「台北小巨蛋與您相見」，鮮白的蛋頂，快要竣工的圓環帷幕樓體，再度前來棒球場原址的我，不再懷著悲悼之心，只是一種單純輕盈的想念。像是，遊子離鄉前拜別老宅和土地。

「為什麼選中我？你們是我認識的人嗎？」怪腔怪調的聲音面具裡又似交混著互異的語氣、口吻，難道，電話另一端的對手不只一人？

「你可能不認識我們，但我們對你瞭若指掌。否則怎麼會知道『三寶』的淵源？前兩回合贏得太輕鬆，所以選上你，希望你不是提汽油桶上場的救援投手，不要想套話，明天一決勝負吧。」

「為什麼是你？你才廿八歲，也還不到三十。」六天前衝到我租屋處的史伯伯高亢的吼聲，那模樣很像衝進場抗議裁判不公的總教練。我知道，他是在擔心我的身體——有脂肪肝又不好運動的我恐怕禁不起奔波之苦，也是操慮我的安危——誰知道歹徒會怎麼玩呢？「我試著和歹徒交涉，看能不能另派人選？你的體力連打壘球都負荷不了……」

「沒關係，該來的躲不掉。你說我的父親偷扒拐騙，功夫一流，但從不逃避責任。」我繼承了陌生父親的偷扒？還是責任？『三十而立，不是棒球記錄』是指我連吃卅次三振，立下慢速壘球的記錄。但單憑這句話還不能確定是我，重點在『L球團釋出名單』，不是按圖索驥找名字，而是暗指『三寶』案——Babe，Burger 和我在孤兒院時期的綽號『糖寶寶』，你還記得吧？自小到大我長得又醜又呆，曾被懷疑得了唐氏症，我又超愛吃糖……」

「不要聽別人瞎說，只有史伯伯知道你有多聰明，多棒。你考上大學後，堅持不讓我出學費，自己半工半讀，還能年年拿獎學金，你的父親地下有知，一定也會以你為榮。」

「我知道，我從未放棄過任何事情。」我笑了，半是微甘半辛酸的苦笑。「至於『比黃金陣容更完美的組合』應指鑽石，某通神祕簡訊告訴我的，和當年E事件的六千萬贖金一樣，便於丟包，也有複製前案的『致敬』之意。三波行動的總和，一千萬加兩千萬加三千萬，也正好是六千萬。歹徒提前六天下指令，就是方便我們做準備。」

「神祕簡訊？」老人家面露驚訝。

「從曾敏案開始，就一通又一通，陰魂不散跟著我。好像沒有惡意，又似提醒，也可能是想告訴我：撐下去！不是只有你在苦戰，你還有隊友，隨時都會有精彩守備、關鍵一擊支援你。」

老先生低頭沉吟，好一會兒，才發覺我正一眨不眨望著他，赧然一笑：「啊！你知道那人是誰嗎？」

「不知道，史隊長，您知道有誰在跟蹤、監視我這位善良市民嗎？」

靡擠的人堆中閃出一具熟悉的身影：高個，微駝，瘦骨嶙峋，目露精明之色的中年男子，以進一退二的步伐向我迂迴靠近。呵，第幾度照面？數不清了，從灰大衣到運動服，再變裝為眼前的紋格襯衫、休閒長褲。這一回，他準備前來 say hello 嗎？（但我不認為他是歹徒的車手。）又是一波人群湧動，將我和他隔開十步距離，他好像也順勢漂離，漸漸淡出我的視線範圍。

「人多地方，是最容易進攻之所，也是最容易防守之處。重點在於：進攻的『武器』是什麼？」

昨天的「餞行晚餐」，鄭大剛進門，我也正巧收到神祕先生的簡訊。

「怎麼啦？在看什麼？為什麼突然約我晚餐？」

「我其實是想約在明天，但我怕沒機會。」基於保密原則，我當然不能明說「明天」的事。

「你要出遠門嗎？會馬子？南下出差？」鄭大的嘴巴又綻放招牌的微笑。

「算是……約會吧。」伸展不開、不置可否的笑。

約會？溫煦的陽光，美麗的市街，笑靨燦放的行人；長路的盡頭，什麼樣的人在等著我？

「我不喜歡壓馬路、看電影、上餐廳、去賓館的模式。」多年前日暮的忠誠路隨風撒潑的翩翩長影，喚醒我的男性意識的女人說：「我不喜歡我喜歡的男人只會用男人對待女人的方式對付我。」

絞藏背後想要輕撫「她」的影子的那隻手又縮成虛握的拳。「妳喜歡什麼呢？」「我喜歡聰明男人的腦袋，也希望男人懂得欣賞我的頭腦。」

「每次見到你，都像是約好了似的，大概沒有人相信我們是不期而遇。」昨天深夜，闇黑的小巨蛋工地，那襲名牌藍西裝從背後喚我：「這麼晚了，還有興致來『監工』？咱們還真是有緣，初識那天是這座球場的告別紀念賽，眼見他樓塌了；其實我們也不算是相識，連對方姓名都不知道，卻是一而再、再而三在這裡相遇，眼見它又要樓起了……。哈！你叫做什麼名字？在哪兒高就……」

手機猝響。一陣手忙腳亂，我差點找不到聲音的來源。（我的這支超迷你型smart phone因為過於輕盈，害我經常感覺不到它的存在。）「怎麼這麼慢？你在做什麼？現在的位置在哪裡？」鬼哭般的怪聲，比罵街潑婦更教人難以忍受。唉，卻是我的「約會」對象。

「我……我在國父紀念館的噴水池旁，身穿灰夾克，暗藍運動服，髒球鞋，胸前沒有別玫瑰。」

「哦？還有心情開玩笑？東西帶了嗎？很好。」那聲「哦」像鈍刀劃破魚腹，拖長，刺耳，參差歪扭。「現在從廣場大道走向光復南路的側門……」

「然後呢？」轉往忠孝東路？仁愛路？

訊號斷了。想拖長對話時間的企圖失敗，只好垂直穿越（其實是走走停停——我刻意禮讓幾位揮舞國旗、行動不便的長者先行）正在行進的隊伍，一步一步踱向斗大麥當勞標誌的光復南路。

仁愛路？忠孝東路？如果是前者，整齣付贖行動就會是一趟「遠足」——從仁愛路四段走到總統府，我恐怕要全程參與泛藍的活動（好在我的衣服是「深藍」色的）？歹徒是政治狂熱分子嗎？我不相信。而且，這段過程利於取贖，也方便設陷布署。如果是後者，至少表示我有車可坐，很可能是一段「悠遊」之旅。

「大台北一日遊？搭什麼車最方便？這是哪門子的問題？」昨天的晚餐和宵夜，一前一後的鄭大、史伯伯不約而同的回答：「你是南部鄉下上來的嗎？」

停步斑馬線前，手機響了，「無顯示號碼」的電話：「你的動作太慢了，不擔心肉票安全嗎？不要以為故意放慢動作，有助於你周圍的便衣跟蹤，看到麥當勞了嗎？」人一到手機就響，我的身邊除了便衣，也有E集團的人埋伏其間？

「看到了，你要請我吃勁辣雞腿堡？」忍不住笑了出來，我想到昨晚史伯伯信誓旦旦地保證：「你放心去吧！這次專案行動是全局總動員，由我們局長親自主持坐鎮指揮。」

「放心——去——吧？你的口氣好像是在告訴我可以死而無怨了。」

「不要廢話！E say，**到達八德路一段最快速的方式，猜前進方向和交通工具。**」又掛斷了。

等紅綠燈時，手機響起，是史伯伯的號碼：「怎麼樣？小寶，歹徒的指令是什麼？」

「不要裝蒜！你們不是已經在我的包包裡偷裝竊聽器？搞不好其他地方也有。你覺得『八德路一段』是指哪裡？」我加快腳步過馬路，走進麥當勞旁的巷子，到達平面停車場後右轉前進。

「八德路一段是指光華商場一帶嗎？」

「不是，你們那個時代的人不是講究什麼四維八德？禮、義、廉、恥，忠、孝、仁、愛、信、義、和、平，而八德路共有四段，每段兩字，『一段』就是指『忠孝』。」我已經走到捷運站的入口。『最快速度的方式』是指捷運，目標是忠孝東路上的捷運。歹徒昨天發出的指定地點不只是指『國父紀念館』，也是捷運國父紀念館站。叫你的人趕快跟上來，最好準備一份捷運路線圖，真正的決戰要開始了。」關上手機，我站在標示著2的入口前，左手臂不自覺環緊那價值連城的黑色提包——三千萬的鑽石小包、一紙台北市地圖、一份捷運路線圖、我的私人證件和一張悠遊卡。

「你已經坐上往台北車站方向的捷運了嗎？」

「你們應該『看到』我上車了嗎，這不就是你們的意思嗎？你們會要我在善導寺站下車嗎？」

一分鐘前，剛走進捷運月台，開往板橋方向的藍色車廂已經轟轟進站。我幾乎是不假思索地上車，隨即接到來電。

「為什麼猜善導寺站？」

「所謂『八德』不就是在標榜善良風俗，導人行善？善導寺站正處於『八德路一段』和忠孝東路的交會點。」我一字一字慢慢地說。還好，我的smart phone收訊良好，雖在地下隧道，還是一路滿格。

「你真是會掰，但也真是蠻聰明的。以捷運為例，你覺得哪一條線代表快樂？哪一條線叫做幸福？」訊息中斷。擁擠車廂裡傳出「忠孝復興站」的廣播聲。

車停。浪潮般的乘客下車，上車。就在急促的關門警示聲中，我的手機響了。

「小寶，你在哪一站？歹徒有指示下車地點嗎？」話筒裡傳來史伯伯拉高分貝的喊聲和一連串啾啾聲響，難道他老人家也在這班車上？

「幸福線是什麼？快樂線在哪裡？」我摀著手機，嘴唇儘量貼近話筒。

「什麼幸福、快樂？沒有任何提示嗎？」

「可能是淡水線的方向，有插播——」嘟嘟短響，我立刻按轉接鍵。「怎麼樣？那些條子知道『快樂』是什麼嗎？」扭曲聲調裡又添嘲諷的意味。

「你問的是這座城市最欠缺的兩樣東西。有一條尚未建好的『新莊線』，有『新家』之意，象徵『幸福』。通往動物園的木柵線代表『快樂』。」

「木柵線為什麼代表快樂？」沉默數秒後的反問。

「因為我很小的時候聽過一首歌，叫做『快樂天堂』，內容就是無憂無慮的動物園。只是，圍欄裡的『快樂』，遙迢未來的『幸福』，你們要我去哪裡呢？」車廂廣播傳出「台北車站」的聲音。「台北車站到了，我該下車轉乘？還是留在原地？」訊號又斷了。事實上，我正一步步擠向車門。

下車，搭電扶梯，轉到新店淡水線的月台。急行軍般的乘客愈來愈多，每一條登車線瞬間擠滿了人。一個學生模樣的男生擦撞我的右肩，另一位彎腰駝背的老者不小心勾到我腳踝，差點和我撞個滿懷，我來不及看清他的模樣，被他一把推開，悻悻然、惡狠狠地說：「卡細粒咧！像你這款夭壽囝仔，行路無帶目睭。」

月台邊緣的紅燈像烽火般燃亮。開往淡水的列車就要進站了。同一時間，我感受到掌中手機的顫動，低頭一看，是一串陌生號碼。「喂？哪一位？」「E say，**台北市最高不可攀的地方。想清楚，不要上錯車了。**」「喂！喂喂？」對方掛電話了。這個「對方」和先前那個人不一樣，雖然都經過變聲，但說話速度、語氣不同，語言背後的情緒和背景聲音也大相逕庭。他們準備用投手車輪戰對付我嗎？

列車靠站。車門一開，又是人潮翻湧——想進去的和想出來的擠成彼此碰撞的人流漩渦。我愣在原地（不斷有人在背後推擠或試圖撥開我），眼睛盯著難得一見的來電號碼——如果不是不足採信，就是對方處在不斷移動、追蹤不易的狀態。不過，我的燃眉之急不在號碼，而在目的地：「最高不可攀的地方」是台北一〇一大樓嗎？如果是，我得立刻回頭，換乘往市政府方向的板南線列車。

車門即將關閉的警報響了。不管了，先坐上淡水線再說，頭一偏，身一擰，鑽進車廂，腳一縮，我勉強擠靠在車門邊的欄干位置，將小黑包的提手部分套在左腕，用左手拇指彈開機蓋，努力伸出右手食指，按下我的設定3：「喂！史伯伯，台北市最高不可攀的地方在哪裡？」

「嗯……應該是，一〇一大樓吧。你在哪裡？」僵滯、不斷喘氣的聲音，好像身在某個擁擠之處。也許就在我周遭的某處。

「我在淡水線列車上。」

「淡水線？那不是和一〇一大樓的方向背道而馳？對了，剛才你提到『淡水線的方向』就斷了，你是想到了什麼？」

「我還不能確定。只知道人人皆知的答案，應該不是E集團的謎底。我剛才忽然想到，新莊線尚未通車，木柵線排除在外，歹徒的取贖路線極有可能鎖定板南線和新店淡水線。史伯伯，有一支號碼得靠你們的人去追蹤，0931×××……」

收線，反手緊握欄干，汗流浹背地吐大氣。缺氧的暈眩感漸漸淹漫而來。閉上眼，告訴自己不能怯場，不許畏戰，一定要挺下去。就算猜錯地方，再調頭踅回原路不遲。嗯？簡訊鈴聲，我將手機高舉到眉心，單手按鍵：「一〇一大樓並非高不可攀。去年聖誕節有位法國蜘蛛人羅伯特爬上大樓頂端。不要急，再想想——」對啊！應該著急的是歹徒，不是我。第二通簡訊又來了：「決戰當然少不了球場。大台北的比賽場地只有兩座，既然『新莊』已被你排除，唯一的答案——」

啊！原來如此！淡水線的方向沒有錯。

手機響了，又是那支0931的號碼。「你為什麼不猜一〇一大樓，史家寶先生？」裝腔作勢的怪聲好像也沒有那麼可怕了。

「我們開門見山吧，目的地是天母棒球場。你們再怎麼七彎八繞，最後還是會叫我在石牌站下車。」

「是嗎？你那麼喜歡『見山』，咱們就來玩『見山不是山』的遊戲。」刺耳的乾笑聲。「注意聽唷！二〇〇四年總統大選的造勢晚會，猜你要下車的地方。」

車速變慢，又要進站了。

「你是要我現在下車？不會吧！」幾個泥鰍般的乘客奮力擠出人堆，壓迫到我縮手縮腳的身體。

「為什麼這麼說？」

「『雙連站』啊！這不是你要的答案嗎？」兩個場子都有「連」、「蓮」（指連戰和呂秀蓮）站台。小孩子都猜得出來的把戲，只不過，歹徒的問法，是表示他不在我的附近？至少，不在這班車上？

「剛才那題沒說發語詞，不算，注意聽——」

「喂喂！已經超過九題了，從第一題『123自由日』開始，到剛才的『總統大選』，你們已經下了十道金牌，這不符合 E say 九招分勝負的風格。」

「誰規定只能出九個題目？棒球比賽一定要在九局結束嗎？想救出肉票就乖乖聽莊家的話。E say，三山半落青天外。」

「我知道，作者是李白，下一句是『二水中分……』」

「你是在莊孝維嗎？下一句是『欲上青天攬明月』，是要你猜下車站名。趕快想，你的時間不多。」

斷線了。你們是善於偽裝的莊家，我是忙碌不得閒的閒家。民權西路站過了，列車呼呼駛出地下隧道，窗外立刻大放光明。我正準備掏出捷運地圖，微偏頭，不經意瞥見車門上方的站名路線表：台北車站—中山—雙連—民權西路—圓山—劍潭—士林—芝山……「你的時間不多」，啊！不會如此巧合吧，「圓山站到了，下一站是……」車門一開，我想都不想就鑽出車廂，用力吸了口新鮮空氣。

上下車的人不多，車門很快地關閉。車身啟動。月台的另一側，則是或站或坐，等候往新店或南勢角方向列車的零星乘客。

慘了，會不會是我下車的動作太過突然，害跟蹤員警反應不及，沒能及時下車？正在候車的人當中，有沒有埋伏的便衣？我下意識地抱緊懷中的小黑包。

手機響了，0931 來電：「怎麼樣？猜到答案了嗎？」看來（至少這名）歹徒不在視線可及的附近，而對方所在的位置，隱隱傳來突然拔高的模糊背景聲。

「你覺得我下車的地方是你們的指定地點嗎？可不可以和你們談一個交易？」

「你說。」

「以今晚球賽開打的時間為限，如果我不能擊敗你們，那包鑽石我一定雙手奉上；反之，希望你們在第一時間釋放肉票。你可以做主嗎？」這回是我主動收線，好讓他們開個內野會議。記者守則第七條，真正的內幕不是靠窮追猛打得之，而是巧妙利用對方心理，或套話或激將，讓對手自己和盤托出。

忽然想到，那些同業們如果知道我是這齣捷運大戲的主角，會用什麼角度、文字報導他們曾經看不起的史家寶？

「鄭大，別看他一副發育不全的鳳梨相，史家寶可是警界幕後英雄。」PLUSH 之夜，小劉（唉！我的大學學長，以碎嘴、好色、出賣朋友聞名的 Mouse 劉。）一股腦兒抖出我的陳年往事：「市警局的朋友告訴我，史家寶擁有特殊的犯罪嗅覺：經常看到、聽到、嗅到或感覺到犯罪事件，他的靈機一動，曾幫警方偵破好幾樁奇案。黑矸仔裝豆油，你千萬不要被他的唐寶寶外表騙了。」

「是嗎？如果在棒球場，你一定是個腦智過人的一流捕手。」鄭大露出善意的微笑，視線不離我的掌中之物：「你的手機超炫的，是最新科技產品唷！可以借我欣賞欣賞嗎？」

拉開提包拉鍊，小心翼翼檢視囊中物——深藍色的絨布小包。我的眼角餘光掃瞄左右，確定十公尺內沒有可疑人士。

「收好喲！這可是貨真價實，三千萬的鑽石。兩球團和聯盟開了好幾次閉門會議，才心不甘情不願湊出來的。」今天早上在「獵E專案行動指揮中心」，眾目睽睽下，史伯伯親手將贖金放進提包裡。

「不會是假貨吧？」我半信半疑地問。

史伯伯一聲不吭，將他的手機橫到我眼前，螢幕裡閃出觸目驚心的簡訊文字：不准交假貨，否則立刻撕票並幹掉付款人。

伸手，正要解開小包的繫口，（啊！「三千萬」長得什麼模樣？）手機猝響，我趕忙放回小包，拉上提包拉鍊，打開機蓋——「真的要玩投打對決嗎？好，我們答應你。順便給你一條線索：只要你能及時解開所有謎題和謎中謎，就能抓到我們。」語調和說話節奏又改變了，我瞄了一眼螢幕，果然又變回「無顯示號碼」。「不過，上一題你還未說出答案，記住，不接前言，就沒有後語。」

「『三山半落青天外』是指中山、圓山和芝山所涵蓋的捷運路段，圓山站正好居於一半的位置，又是剛出地下隧道，可以看見『青天』的地方。再者，『欲上青天攬明月』應指以前的圓山天文台，兩者交集，我不該在圓山站下車嗎？不過，你們千萬不要叫我扔包到中山足球場，我的臂力不夠。」

「幽默！夠幽默！『千萬』都不夠了，三千萬又怎麼丟得動，注意聽，E say，**夕陽山外山，大學之道的下一步，猜你前進的方向和下車的地點。提示，孫悟空的故鄉。**車子快來了，趕快想吧！」

月台兩側的紅色警示燈同時亮起，兩輛電聯車頭一左一右緩緩靠近，反向交錯，進入停車位置。新店線？淡水線？「這個」歹徒既知列車將至，意味著距離我不遠？又或者，「這個」歹徒和前一個是同一人，換用不同手機，改變說話方式（知道我下車後），估算出下班車的進站時間來混淆我的判斷？

車門開啟，我走進，不，是好不容易擠進淡水線電聯車。這班車的人好像更多了。

手機響起，是史伯伯的來電：「小寶，你又上車了吧？放心，全程都會有人跟著你。」

插播的聲音，「無顯示號碼」的來電。「史伯伯，他們的電話進來了，我要轉接——喂！喂喂！我搭的是往淡水方向的列車，有沒有錯？」既知目的地在哪裡，「孫悟空」怎麼變得出如來佛的掌心？

「為什麼是淡水方向？」

士林站到了。

「你沒有去淡水看『夕陽』的經驗嗎？如果讓我選擇，我寧願搭反方向的列車，因為人滿為患。星期假日的下午，想去看夕陽的人好像特別多。」

「你確定那些人的目的地是淡水？有沒有想過，現在去看夕陽是不是太早了些？」

方向沒錯，關鍵就在站名。我抬頭盯視車門上方的路線：芝山—明德—石牌—唭哩岸—奇岩—北投……嗯，二選一，答案也不在北投以後的站名。「至少，你們不會叫我去看夕陽。我還是堅持先前的結論：石牌站，對不對？」

車停。門開。門關。下一站是明德站。

「說出理由。」會這麼問，就表示我沒說錯。

「『山外山』應指前述『三山半落青天外』以外和『山』有關的地方或元素，而自芝山站到淡水站，站名幾乎與『山』無緣而和水有關，只有兩站例外：石牌和奇岩，你的提示

『孫悟空的故鄉』乃是花果『山』，孫猴子又是從『石』頭裡迸出來的……」

「『奇岩』豈不是更巧妙的比喻？」

「問題就在『大學之道下一步』，乍聽之下，好像是指羅斯福路三段的台大，那就是新店線方向了。但我知道不是，因為『大學之道，在明明德……』，『大學之道下一步』就是明德下一站石牌站。我說得對嗎？」嗯？話一出口，我就感覺到什麼不對……「明德站。」還好，四種語言的車廂廣播適時響起，歹徒沉默數秒後，終於揭曉謎底：「準備下車吧！如你所願，目的地是天母棒球場。趕快過去。」「怎麼過去？要搭接駁公車嗎？」「隨便你，時間是你的，你忘了我們的比賽規則？」

列車減慢速度，進入月台。車門開啟，我第一個跳出車廂，三兩步下樓梯，一面按史伯伯的設定號碼，簡短一句「天母棒球場」，出閘，看見紅十二線（市立天文館—捷運石牌站）的公車正要發動，又加快腳步衝上車，「請問有到天母棒球場嗎？」見司機點頭，我才像消了氣的皮球，整個人癱瘓在司機座後方的單人座上。

陸陸續續上車的乘客將車廂塞得水洩不通。游魚般的棒球帽、黃色加油棒、橘色隊旗、紀念T恤在我酸澀的眼角晃動，滿車的球迷興高采烈討論比賽內容。（原來，擠滿捷運的同一批部隊又佔領了公車，大家都不是去看夕陽的。）我卻是猛吐大氣，只想睡個好覺。車身笨重地移動。我的思緒還停留在「大學之道」的陷阱：在明明德，在親民，在止於至善。歹徒如果夠奸夠邪，存心整我，我又得馬不停蹄坐回頭車了。（最接近「至善」路的捷運站是士林站，至於「親民」，哇咧！親民黨的總部在哪裡？）搖頭，哪有時間玩文字遊戲？綜合市場、永明派出所……不必理會站牌，反正全車都會在同一站下車。只不過，時間還早（手機螢幕上的時間數字：15:05），今晚EC熱戰會大排長龍，一票難求？啊！太陽穴鼓脹欲裂，閉上眼小憩片刻——奪命手機又響了。

「怎麼樣？到達『高不可攀』的地方了嗎？」

「快了！要我進球場嗎？還是要我將東西丟進某個垃圾桶？我怕買不到票。」

「不用擔心取贖問題，東西我們一定會到手。注意聽，這題超級簡單，E say，**生日快樂，猜指定座位。提示，這是本位問題……**」「本位」後方好像冒出「反……」、「愛……」之類的聲音。

「生日快樂！應該說預祝生日快樂，因為還差幾個小時，祝你明天旗開得勝。」昨晚史伯伯對我高舉可樂杯。

「等等，我沒有票要怎麼進場？而且，現在才三點多。排隊買票也不一定能買到指定座位。」我知道，「本位」是本壘後方的內野座位。

「該誇你聰明還是笑你笨呢？你大概不知道今年更改賽制，星期六晚間的比賽提早到五點五分開打，進場時間也提早了。就算不知道這點，你也不該忘了天母的比賽只能在假日下午五點進行，因為附近居民反對深夜噪音，群起抵制。」上氣不接下氣的乾笑聲：「還有，你不知道有一種票叫做預售票？摸摸你的口袋——」

啊！我怎麼漏算了「時間差」的問題？糟糕，關鍵時刻發生這種要命失誤。

通話斷了。我深吸一口氣，兩手同時伸進夾克口袋，再緩緩抽出——右手拇指和食指夾著一張「職棒××年三月十九日天母棒球場」的球票，上面印著預先指定的座號：A2區9排13號。

「天母棒球場！天母棒球場！」車停，司機像宣告緊急事項似地高喊兩聲。一陣推擠騷動，學生樣的球迷們半跑半跳地下車，湧向棒球殿堂的入口。而我，又累又倦又焦慮的我仍癱在原座。斜睨車窗外的扇貝天堂，一面默算車內快速減少的人數——我很清楚，每一個流失的數字就是快要耗盡的倒數計時。

距離比賽的開打時間，只剩不到二小時。

Inning 9
（下）

九子連環？*Extra innings*？

三月十八日

「在你的記憶中，讓你印象最深刻的比賽是哪一場？」鄭大邊切牛排邊問我。

「十二年前的一場中午進行的鷹象補賽。大概沒有幾個人記得那場賽事，我卻忘不了爆滿現場的燠熱氛圍。九局結束雙方〇：〇平手，直到十局下半，一、三壘有人，E球團兄弟隊發動雙盜壘的奇襲戰術，以一：〇氣走另一支E字號勁旅，就在比賽結束、E球迷歡呼的同時，一隻盤旋天空的老鷹突然撲向球場，『龍獅虎象加鷹熊』的『鷹』字上方。鄭大哥，你對那場比賽有印象嗎？」

清瘦男人停止動作，抬頭，笑瞇瞇望著我，不答反問：「讓你難忘的原因是，天外飛來的老鷹？緊張對峙時的出人意表？還是，這貌似不相關的兩者遙相呼應，合譜一齣耐人尋味的二重奏？」

「我不清楚。也許，我記得，是因為當時的我還不懂棒球，不知道該『期待』什麼吧？」

我用湯匙戳破麵包皮，輕輕攪拌脆皮海鮮湯。決戰前夕的「自我慶生」宴上，我突然失去了胃口。「鄭大哥，讓你難忘的比賽呢？」

「卅四年前小巨人揚威威廉波特，許金木對決麥克林登的經典之戰。第一局下半，投打雙絕的麥克林登就從許金木手中轟出一發三分砲，幾乎將巨人隊打進地獄，因為那位投手有超齡兼超速的嫌疑，快到幾乎看不見。小巨人從第二局起苦苦追趕，展開不可能的逆轉秀，趁對方捕手——好像叫做『必死魔』——守備不穩，又暴傳又漏接——二壘手是捕手的兄弟，好像叫做『背死魔』，老接不到捕手阻殺盜壘的暴傳球，終於在六局結束前追成三：三平手，而後在延長賽中一舉擊垮對手，以九：三獲勝。我好像說過這場比賽？」見我點頭，（我點兩下，意思是他說過兩遍。）他緊接著說：「當比賽結束的時候，天色濛白，曙光初透，全台灣的小孩都衝出家門，在大街小巷、厝邊頭尾歡呼雀躍，好像自己也在一夜之間長成『巨人』。那年我十歲，比當年的你更不懂棒球，也不明白勝負、比分的意義。兩年後，和我同年次，由黃清輝、鄭百勝領軍的二代巨人以摧枯拉朽的姿態橫掃威廉波特，創下數之不盡的記錄——呃，是哪些記錄呢？我怎麼一項也想不起來？」

「所以，那場比賽對你的意義——」

「也許，你的『比賽』和我的『經典』之間，存在著某種交集，顛撲不破的棒球本質。要怎麼說呢？」他難得安靜下來，眉頭微蹙，目光定在餐盤裡的某處，但隨即眼波流轉，孩子氣的笑意在臉上盪開。「延長戰線加上攻其不備，就像足球比賽的驟死戰。對了，就是這個道理。不明白？你很快就會知道我在說什麼。棒球比賽不是只打一場，所以有敗部復活；最後結果也不一定是結束在九局，於是出現Extra innings，延長加賽。還記得我問過你，記者和打者的異同，記者守則第八條？好記者一如好打者，要在電光火石的眨閃間命中球心，也要能耐心選球，避開壞球和吊球，也就是在眼花撩亂的訊息裡找出重點。否則，就只能被政客、藝人和騙子牽著鼻子走。你經常進場看球嗎？」

搖頭。三月十二日走進台中棒球場，也不是為了「看球」。

「又不約會又不看球，不覺得無聊嗎？找個時間幫你在球場慶生怎麼樣？」

點頭。唯一一場全程參與的球賽是在天母球場之外遠遠觀看；僅有一次最像約會的邂逅，卻是和不把我當約會對象的女子一起看球。約會？看球？約會看球和看球約會，好像都和我無緣。

「看現場和看轉播不一樣，就像喝濃湯和吃牛排不同。」鄭大又起一片沙朗，放進口中，興高采烈地嚼食。「你怎麼連湯都不喝？有一種，一種……」持刀叉的雙手在空中比劃：「天差地別的時空變異。」

「時空變異？」忽然想到，明天的付贖行動會不會也仿效E事件，在球場畫下驚嘆號？

「時間差和空間氛圍的迴異。」左手叉上揚，右手刀劃下，彷彿是在切割空氣。「後者就是臨場感，你一定懂，但是前者……」

三月十九日　15:10

居高臨下，俯瞰全場。一排排座位（正被大量湧入的球迷快速攻佔），一道道階梯，紅土、綠草、投手丘、本壘板、護網、欄干、休息室、牛棚、熱身打、傳接球（記者們各自圍繞正在做伸展動作的明星球員）……如扇伸展，如貝開闔，排比交錯出球迷的我不曾身歷其境的夢境空間。

簡訊鈴聲，又是神祕先生的訊息：「注意『二重奏』。有位音樂家說，聽不見的音符才是最重要的聲音。」

深吸一口氣，「喀」地一聲脆響，一道白色弧線直飛中外野計分台，翩翩降落牆外。「不要到開賽時再進場，提前入座，愈早愈好，你可以好整以暇欣賞支持球隊的熱身打、守備練習，這就是電視機前看不到的『時間差』……」昨晚鄭大的叮嚀。喀！啪！連番的木棒擊球聲和手套接球聲。我一步一步走下台階，身旁和我一樣四處張望找座位的人愈聚愈多。一位衣著髒亂遊民模樣的人好像腳步不穩，將我也撞得失去重心。險些滾落階梯。連吐幾口大氣（空氣中混雜著異樣的氣息）。A2區就在本壘後方偏向一壘的位置，是今天主場球隊E球團的區域（E集團也是E球團的球迷？）9排13號。走到第9排，我看到18號、

17號、16號……13號，（哈！我猜歹徒原想預購3排19號為我「慶生」，但座號只到18，只好勉為其難改訂913。）一個黑色提包——幾乎和我的小黑包一模一樣的提包——赫然在座，我愣在當場不知所措（同時意識到另一種「時間差」：決戰點不在球場，眼前這一段只是賽前的「熱身打」。）——奪魂鈴聲響了。

「喂！看到包包了嗎？」尖拔的背景聲突然放大，「愛……」愛什麼呢？

「看到了，你們要我怎麼做？把東西放進包包裡？」

「剛好相反。」又是咯咯詭笑。「把鑽石包放進包包裡沒錯，但是將你的包包，連同手機和證件雜物留下。當然，錢和悠遊卡可帶走，因為你還要坐車。然後帶著新包包離開球場，立刻趕去捷運站！」

「手機也要留下？那我怎麼和你們連絡？你們要我去哪一站？還是『孫悟空的故鄉』？」我大聲叫嚷著。

「隨便你。E say，**開張大吉，猜前進路線**。夠簡單吧！趕快去，時間差不多了。」

放下我的寶貝包，拉開拉鍊，取出藍布小包和悠遊卡，放進歹徒指定的黑包——還有手機，我摸尋身上的口袋，在哪裡呢？一陣伴隨鈴響的輕顫，原來是在厚夾克的左口袋，塞在幾張鈔票和便條紙之間。「喂！史伯伯，你打來得正好。這只手機不能用了。我現在要趕往捷運站，目標是新店線……」「我知道，小寶你先別慌，你要我查的 0931 是一只剛失竊的手機，失主半小時前在羅斯福路三段的怡客咖啡用餐時遭竊，可能是上廁所時被順手牽羊。他立刻用身上另一只手機報案，停止該門號的一切功能。我們的人已經趕到那裡……」「立刻調閱咖啡店和附近馬路的監視錄影帶。還有，這段期間羅斯福路發生什麼事？是不是有什麼活動？大台北的哪些區域也有類似的活動？」「好像也是遊行，我會查清楚。上次你說的『纖維』問題，查證結果是『一絲不掛』。」「知道了，疑點已漸漸釐清。不說了，我要趕路了，拜！」

呼！果然，0931 是一時興起的故弄玄虛。羅斯福路。遊行隊伍。掩護行蹤的人潮。只不過，歹徒一定早已離開，像游擊手四處移動。我的三P，也可以改成 Play（歹徒玩心驅使下的搏命演出）、Perspiration（美其名為「苦練」的操勞）和 Portable。

「少年耶！你的東西落去啊啦！」一隻結實有勁的手拉住正要轉身離去的我。回頭一看，是位滿臉縐紋、一口爛牙的老先生，拎著我的寶貝黑包笑瞇瞇地說：「今嘛壞人特別多，細粒哨！」

「沒要緊，我上便所，很快回來。」我操著生硬的台語，接過黑包，放回座位。

「沒囉！上便所嘛要帶著，你按呢放，著危險呢！」老先生又拎起包包，硬塞進我手裡。一陣拉扯推拖，拗不過固執的老伯伯，我只好假意坐下。「若是有重要東西，千萬嘸通亂放。」老先生又綻露紅褐黃黑如繽紛花瓣的板牙，笑呵呵離開，走沒幾步，又轉身對我揮手。

直到那具佝僂身影慢慢吞吞消失在某個出入口，我才放下包包，著火般逃離現場。只是，離開球場大門的瞬間，我突然萌生兩種感官迷惑：手背上的觸感和鼻腔裡的氣味殘留。

三月十八日　22:00

「有一種人，舉手投足自然散發出某種氣息，好像生下來就注定要做『那種人』！你的父親黑狐、當年的E先生皆是如此。我不是說過？憑我的直覺，E先生的真實身分不脫球壇及背後財團、警界，以及，媒體。這三者的交集：高感度、高超的專業身手和自命高人一等，最大嫌疑者，那位旭東集團的李總經理還多了一項——人高馬大。」史伯伯舀了一碗剛端上來的地瓜稀飯，遞到我面前。「快吃！不要餓壞了身子。另一種人，也好像是注定要和那種人敵對，總有辦法嗅出對手的心思、行徑和手法，像我。小寶，你想成為哪一種人？」

「也許，這兩種人是連體嬰，就像魚和水的關係。」我勉強夾起一塊魚乾，放進稀飯裡攪和。「史伯伯，你準備說那齣故事了嗎？」

深夜的車輛像深海魚，在漸闇的復興南路車道上幽幽游竄。

「你說對了！你的父親，就是亦正亦邪的雙子星。那年警方厲行『獵狐專案』，由我帶隊，將火車、客運、公車上的職業扒手逮捕殆盡，只剩下聰明絕頂的黑、銀二狐逍遙法外，事實上，黑狐已經金盆洗手，我不知道，被『獵狐高手』頭銜沖昏腦的我只想逮捕狐狸歸案。就在那天下午，東部幹線的自強號上出現狐蹤，我確定他對某乘客下手，緊追不捨想來個人贓並獲。他一路換車，我也沿途追進，後來在頭份車站發生扭打，我朝他的後腿開槍，他硬拖著受傷身軀翻越月台逃亡——就在那時，一輛進站列車擋住我的視線，我繞過車尾趕到柵欄邊時，數聲槍響，好幾名便衣——負責另一案件的『掃黑小組』——將他當場擊斃，其中一位還趨前搜身。等到我抱著他狂奔求醫時，他忽然回了魂，附在我的耳邊細語：在你的『懷裡』真好，KONICA……替我照顧兒子……他在××孤兒院，叫做『小寶』……唉！我知道你的母親生下你後就離開黑狐了，他一定是擔心自己朝不保夕，所以將你送往孤兒院。」

海水迴旋的聲響。是潮騷？還是魚訊？舀一匙稀飯送進嘴裡，又澀又鹹的地瓜粥。

「很像香港黑幫電影？後來我在自己外套內口袋發現一份機密資料，事關貪瀆、賄賂、黑金祕密、警匪勾結等事項和名單。我明察暗訪了很久，才知道黑狐是我的一位長官的線人，也才明白身陷險境的他是拼了命引我注意。而那時正值警界的權力鬥爭和黑道的火拼串連。我知道我是查不下去了，從那時起，我亦不再有升遷的機會。這就是你的身世，我的後半生的故事。小寶，你會怨我嗎？」

囫圇吞下我的凝體海洋。又盛滿第二碗、第三碗……能量等於回憶乘以時間再乘以迴旋纏繞的記憶，我一把抹掉眼角臉頰的結晶：「我吃飽了，史伯伯，這就是你送我的生日禮物？」

史伯伯眨著濛紅雙眼，睖著我，許久許久，才擠出一副擺酷的表情：「生——日——禮——物，當然是生日那天才送。」

三月十九日　15:40

「Happy birthday to you！Happy birthday to you！」的旋律響起，嚇了我一跳，左顧右看之後，才發現聲音來源竟是我懷中的黑色提包。

掀開黑盒子，裡面有一只閃閃發亮唱生日歌的銀色手機。「喂！喂喂！」「坐到哪一站了？喜歡我們送你的第二件禮物嗎？」

「謝了！剛過明德站。我該在哪一站下車？你們準備用什麼方式拿走東西？」

「聽過搪瓷娃娃吧！E say，糖吃娃娃，入口即化，當心禍從口出，猜下車地點。提示，答案在包包裡。再說一次，糖是糖果的糖，吃是捷運上不准吃東西的吃。」

禍從口出？意思是不要說話？趕忙翻搜黑提包：銀色手機、幾包面紙、一堆五顏六色的糖果和幾塊娃娃酥——啊！不會吧！「糖吃娃娃」意指糖寶寶吃娃娃酥？在擁擠的捷運車廂公然吃糖？

「猜出來了嗎？趕快動作。記得，『入口即化』。」訊號斷了。

轉身，儘量靠車門旁的站位，低頭，雙手在包包裡寬衣解帶，將赤身裸體的「娃娃」夾在右掌心，再趁左右不注意塞進嘴裡，含著不動。（「入口即化」是要我只含不嚼？為什麼要這麼做呢？）不只是口腔不敢運動，（我像剛拔牙咬著血紗布的病患，雙唇緊抿，兩頰酸硬，任憑唾液、血水往喉間流、肚裡吞。）全身上下都開始變僵，生怕有人發現我做了違規犯法的事。唉！閉上眼，我自怨自艾地想：聽說銀、黑雙狐最擅長的不是扒物，而是偷心，因為他們擁有「壞男人」的臉孔；而我只配當雙子父親的「獨子」——從頭到腳、由外至裡，我都只繼承他的「內在美」，欠缺犯罪的勇氣和天賦。

劍潭站到了。車門一開，背後一陣推擠，不斷有人從人肉迷宮裡鑽出，下車的人還真不少。我小心翼翼縮小站立的空間，保持身體平衡。舌顎間的甜膩塊壘亦在快速溶化。生日歌又響了，我斜著身子從包包裡取出手機，按接聽鍵，歪著脖子貼近聽筒，沒有出聲。「喂？聽得見就嗯一聲。」「嗯。」「很好，你果然是遵守規則的乖寶寶，來，猜一種戰術，『安全上壘』，你還有好幾站的時間，慢慢想。」圓山站過了，列車又遁入黑暗。戰術？打帶跑？跑帶打？盜壘？雙盜壘？犧牲觸擊？強迫取分？到底是什麼意思？

估算娃娃酥溶化的速度，我可以開口的地方大概在中山站、台北車站之間，那是戰術的發動點？取贖的手段？要命，現在聯絡不上史伯伯，我的周遭還有便衣跟監嗎？「民權西路站」。門開，一具紋格襯衫的高個兒男子走進車廂，就站在我左後方一公尺處。頭皮發麻了，怎麼又是這個人？他到底所為何來？

糖片已經萎縮為粉粒，我嚥下最後一小晶渣碎，終於吐了口大氣。紋格襯衫的男人正摀著話筒低聲說話，是在通風報信嗎？生日歌又來了，車廂廣播亦同時響起：「中山站」。

「喂！現在要做什麼？」我斜睨著正在偷瞄我的男人。

「你的身邊有紅鈕扣嗎？」

什麼鈕扣？我環顧前後左右、上下四方，紅鈕扣……啊！難道是我右手邊一尺之距的「緊急對講機」按鈕？標示牌上印著兩行操作說明。

「一、先按壓紅色按鈕到底。」歹徒的話語緊隨著我的視線，我的一舉一動都在歹徒眼裡？（我又用眼角餘光掃描了一趟，除了「跟蹤狂」紋格襯衫男，還有誰呢？）「二、放開約三秒後，請靠近通話器──」

「真的要按下去嗎？」我有點搞不懂了，驚動站務和警衛人員，對取贖有利嗎？

「對！用力按下去，對全世界大聲告解你的罪狀。你要這麼說，來抓我呀！有種把我關在糖果屋裡，哦，對不起，我不該教壞大人囝仔，媽媽說，愛吃糖的小孩不會變壞，哈！哈哈！」

聲音斷了。這就是存心要我好看的「禍從口出」？我遲疑著，緩緩伸出食指，指尖輕觸按鈕，像遇到難題的解碼高手那樣猶豫不決。突然，一股熟悉卻又難辨的氣味掩來，一隻纖長白皙的指掌握著我的腕：「年輕人，那個東西不是玩具，不要亂按。」我猛回頭，看見一張眉清目秀的男人的臉。對我綻露潔白如貝的整排美齒：「許多『好玩』的事情，往往會付出慘痛的代價。」

台北車站到了。退潮和漲潮交錯進行。那抹幽微氣息（非香水，非體味，比鄭大身上的青春氣息更深邃難忘）也在人潮漩渦裡消退。「啾啾啾」的關門聲敲醒失神，手臂僵在半空的我──腕上的握痕依稀可見，我左盼右顧，一陣乘客大搬風後，出手阻止我的男人，連同原先監視我的傢伙，都已不見蹤影。我本能地掀開黑包的一角──還好，藍色小包還在。

生日歌響了，又是聽起來齜牙咧嘴的怪笑：「還沒下車？按鈕了嗎？」

「你應該知道我未下車也沒按鈕。」

「為什麼不照我的指令做？」

「因為『按鈕』不是指令，你沒有說『E say』，至於下車的指令，我想你還未決定吧！」

「聰明！史家寶，你真的很聰明。我的同伴一直擔心會把你玩死，想改用其他的臨時演員；只有我相信你的抗壓性和意志力，不同於一般草莓族……」

「你們把我當成壓不扁的玩具？」又是群眾場合的特殊背景聲，欠缺監聽、過濾聲波、分析聲紋儀器的我，只能相信感官背後的直覺。

「你說呢？限時問答，E say，**橘子紅了，橘子又綠，猜一轉乘車站，請在到站前說出正確答案。**」

對方又機警地收線。我想藉機多聊幾句的希望泡湯了。我又瞄了五顏六色的捷運路線圖一眼──咦？什麼聲音？熟悉的簡訊鈴聲，從哪裡傳出來的？我打開黑包，不見動靜，難道在我身上？順手一摸，外套左口袋裡好像有異物，掏出來一瞧，赫！竟是我的超迷你型、輕薄短小的smart phone。「我知道你的手機掉了，送你這支多功能，還有神祕用途的智慧型手機，好好保管，不要遺失了。」去年今天，史伯伯送來的生日禮物。「哇！失而復得，還得到最好的。不過，它這麼小，我怕會經常找不到它。」

失而復得的禮物？誰送的呢？神祕先生又捎來信息：「想要『上壘』，而非『犧牲』，最好的戰術是『安全觸擊』。」

我好像有點懂了。傾聽聲音裡的聲音。凝讀字句內的字句。複雜的計畫。聲東擊西的手段。虛虛實實的障眼法。我也總算明白，長久以來，一直有人在跟蹤，不只是跟蹤，也是在監聽我的一切。簡訊先生，你是熱心的球迷？公正無私的球證？還是，我心目中的那位「球謎」？

「台大醫院站」。我按了設定3，兩聲鈴響後就聽見球迷似的吼叫：「小寶嗎？是你嗎？」「對！趕快告訴我最新狀況。」「拍到偷手機之人的背面，你無法想像，是一位短髮年輕女子。你問的『活動』是泛綠辦的『反反分裂法大嗆聲』，正式遊行在三月廿六日，但今天的提前熱身有和藍營較勁的味道。他們從台大出發……」「有沒有拍到可疑車輛？」「來往車輛行人太多，但我們發現有輛銀色TOYOTA 1.5，在羅斯福路怡客附近停了十多分鐘。」銀色流影，隔熱紙的炫惑。「車號是不是××9233？趕快去查！先不說了。」

因為另一支手機也響了。我先調整呼吸，慢條斯理按接聽鍵：「橘子為什麼又綠又紅？你們和親民黨有仇嗎？」「你說呢？你現在到哪一站了？」「中正紀念堂。」「唔！那你的時間真的不多——」

「答案是古亭站，對不對？因為橘色中和線到這一站會有兩個轉乘方向，紅色的淡水線和深綠色的新店線。你要我換車嗎？」

一陣沉默。無聲背後的喧嘩聲反而顯得清晰而巨大：愛……是台灣嗎？「愛台灣」的口號聲？還有……原來是「反併吞」。

「又被你猜對了，注意聽下一題：E say，三個一萬，三個九萬，二三四五六七八萬各一張，枱面已見一、九萬，猜一捷運站名。」

「這麼多萬？是哪一站呢？」糟糕，這一題打到我的弱項。「是萬隆嗎？」

「哈！史家寶，全世界只有你答不出這一題，你現在後悔過年不打麻將了吧？慢慢想，現在時間四點十五分——」訊號斷了。

怎麼辦？歹徒好像深諳我的每一項弱點（也就愈來愈符合我的猜測），這一招才像是突襲戰術。原想向史伯伯求救（他的同事們一定不乏麻將精），神祕簡訊又適時地出現：「那是玩家夢寐以求的九子連環牌路，見萬就胡，只是一、九萬已絕，只剩『七張』。」阿彌陀佛，真是天降神兵。

生日歌又響了。「怎麼樣？現在已過古亭站了吧？再想不出來你就輸了。」「七張。答案是七張站。」「唷！還是被你矇對了。厲害！現在準備下車，E say，**過了古亭站還有『古亭』，猜出站位置，提示：1。**」

過了古亭還有古亭？1是指1號出口？「台電大樓站」。沒錯，是這一站下車。我匆匆步出車廂，走到出口指示牌前確認：古亭國小出口。幸好學生時代曾到耕莘文教院上過小說課，進進出出台電大樓站不下數十回。搭上電扶梯，步步高陞通往下一個階段，另一個戰場；下一步，會有什麼指示？坐公車嗎？通過收票閘，前方右轉的階梯盡頭就是光明的出口。什麼樣的故事在那裡等待結束？

咦？不對，「古亭國小」的黑字下方清楚標示著2，不是1，這是2號出口。

1是指什麼？

簡訊的鈴聲。手機也響了。

三月十八日

「我知道另一種天差地別的時空變異，近來最響亮的聲音：E世代宣言，鄭大哥，您聽說過嗎？」嘗試喝下第一口濃湯，黏滯腥稠，化不開的冷澀。不行，緊張得食不知味。

「一群小痞子的犯罪預告？想像？早就拜讀過了。」又是刀叉齊舞的交響樂：「他們撿來現成的詞彙、字首，標榜享受生活 Enjoy、娛樂生活 Entertainment、電子生活 Electronic、刺激生活 Exciting 等等，我看還是小心點，不要變成 Empiric 騙子生活才好。這就是他們的『頭文字E』遊戲？有些吹破牛皮的所謂 Energy，其實是不堪E擊……不過，有一個E字頭的單字，或許更能解釋他們——不只是E世代，也是絕大多數現代人——對生命、生活的迷惑。」

「什麼字？」

「謎，Enigma。平凡枯燥生活中的驚奇與意外，而且是以解謎的方式得到滿足。他們以 Inning，棒球比賽的『局』自居，謂之『當局』，不是執政當局的當局，而是當道、當紅、當令的意思，也有主宰時代、睥睨世人之想。兩枚關鍵詞合起來就叫『當局者謎』。」

「你不喜歡猜謎嗎？鄭大哥。」

「我？我只想迷戀球局，迷途世外，當個簡簡單單的『球謎』。」

三月十九日　16:19

「怎麼樣？確定下一步該怎麼走了嗎？」

我站在「古亭國小2」出口，遙望和平東路、辛亥路交叉區隔的三方建築：知名補習班、耕莘文教院和不知名大樓……該往哪一邊呢？那個隱藏的1號出口在哪裡？視而不見之處？

「等等，再讓我想想……」我偷偷按下Smart Phone的按鍵，重看一分鐘前傳來不及詳讀的神祕簡訊：「跳脫文字、數字的表面思維，就像『最危險的地方就是最安全的地方』，最好的掩護也是最大的暴露，此謂當局者迷。」

「1」不在可見之處？但經由「1」，可見到明顯清晰的真相。

「是不是『閱讀台大』？還是下面的『前方三十公尺處，台電大樓正對面』？」以我為中心點，沿著一點鐘方向，「可見」馬路斜對面的樓體廣告，好像是預售屋個案。

「恭喜！你又答對了，獎品是『繼續鍛鍊身體』。知道下一個指令是什麼嗎？E say，壘上無人，左外野方向一壘安打，守方的動作，猜你要乘坐的交通工具。」

快步通過辛亥路斑馬線。「前方三十公尺處」是一整排公車站牌，如果我沒猜錯，應該會有那一路……哇！74路公車迎面而來，老天保佑，我一面招手，快跑上前，登車，吁！再跑下去會斷氣的。

生日歌又開唱了。公車裡的乘客不約而同打量著我，有位媽媽懷中的小娃娃還跟著哼唱起來。我趕忙接聽：「喂！我已經坐上74路公車了。」

「是嗎？你確定？說個道理來聽聽。」嗯？怎麼有偷笑聲？可能不只一個人，好像是有人搶下手機，再透過變聲器講話。

「左外野一壘安打的例行處理方式：左外野傳二壘，防止打者繼續推進，也就是7傳4，所以是74路公車。」

呼！氣還在喘，古亭國小站、師大路站，這班公車的主要路線是復興幹道——會不會在忠孝東路、復興南路口，也就是捷運忠孝復興站換車呢？

「很好，為了不浪費你的時間，現在是四點三十分，E say，鈴木一朗的記錄，猜你要換乘的交通工具。」「喂！先別掛斷，什麼記錄？哪方面的記錄？沒頭沒腦的……」「猜不出來？你可以去問知道的人啊！反正你只剩下卅五分鐘。」

我按了Smart phone的設定3。「小寶嗎？怎麼樣？我這裡忙得不可開交。你說的車牌我們正在追蹤，車主竟是遊民身分，有過前科，應該是人頭戶。綠營的活動總部是在二重疏洪道一帶，遊行隊伍是沿著羅斯福路前進，原想在凱達格蘭大道『反制』藍軍，隨即改變路線轉往三重方向。他們會在晚上開誓師大會，號召十萬名群眾……」

最好的掩護也是最大的暴露？「史伯伯，那輛車有可能在那裡，還有，半分鐘後設法追查這支手機 0935×××……的發話位置，先不說了。」

生日快樂機沒有被限制外撥功能吧？試試看，我按下 KENT 的號碼。只響一聲就聽見「喂？」太好了，接通了。「KENT，我是小寶，要請教你一個問題——」「小寶？你的手機換了嗎？還是被幹了？」「先別管這些，鈴木一朗的記錄是什麼？」我閉上眼睛，儘量貼近話筒。「應該是二〇〇四年創下大聯盟單季最多安打記錄。」大聲些。「有幾支呢？」再大聲些。「好像是，二百六十二支吧，幹嘛這麼問？你正在上什麼機智問答的節目嗎？有什麼獎品或獎金？」

「節目叫做『千萬小心，只怕不夠』。」「什麼意思？獎金有一千萬嗎？」我笑著收線。

太好了。調笑語氣裡忽現忽隱的真實分貝。欲擒故縱下的欺敵戰術和反制欺敵。「……其實是不堪E擊，那個『擊』不是打擊，而是準確，沒有時間差的 tag，觸殺對手。就像本壘前的攻防戰，棒球作家 Jack Curry 說，如果棒球賽的平靜九局像豎琴柔和的聲音，那捕手與跑者的互撞像圓銅片樂器合擊時的巨大音響。小寶，你是捕手，你會怎麼做？」

「Pitch out，外吊球。識破對手戰術，故意投向外側，引蛇出洞的反制吊球。」

師院附小站、開平高中站，再經信義路口、仁愛路口，準備下車。電話來了。「怎麼樣？問出結果了嗎？」「262路公車，對嗎？你們想要我去的地方，就是決戰場了吧？」262路線上有一站的名稱叫做「市立體育場」，位於敦化北路上，南京東路、八德路之間。

「嘿嘿！你想去哪裡呢？最後一題，E say，首都消失，猜最後戰場。讓你自行憑弔的敗戰主場。」又是一陣嬉笑混聲，這一回，換誰來戲弄我？

三月十八日

「選手調度也是時間差的問題，換人代打或換投，時機恰當，局勢反轉；時機不對，則可能潰不成軍。可說是失之毫釐，差以千里。你知道箇中奧妙在哪裡？」俐落數刀，不拖不滯，將牛排切成均勻齊整，三角形的暗紅肉塊。

「準確，俐落，不猶豫？」我的濃湯還是反覆翻攪後的汙濁一片。

「準、穩、狠，利用對手失誤發出致命一擊。還有呢？」

「棒球比賽不是一個人可以獨力完成？」

「對了，要相信你的隊友。要記得，好記者一定要擁有可靠的消息管道和值得信賴的朋友。」放下刀叉，雙手一攤，像指揮家完成演奏的完結動作。

三月十九日　16:45

「你們把我當成敗戰處理投手？明知必勝，為什麼還要找我對決？」四點四十五分，關鍵時「刻」？我知道歹徒不會急著掛電話，因為我是E計畫三部曲最重要的對手，目擊（耳聞）證人兼聽眾。

262路公車剛從忠孝東路四段轉進敦化南路，不遠了，還有兩站就是終點。「首都」就是台北，「消失」是指早已拆除，只能憑弔的市立棒球場。加油啊！史伯伯，趕快救出曾敏，我的三P不夠用，還要加上一P：Police才行，加油哪！

「真正擁有權力的人，才懂得享受暫時下放權力的奢侈快感。」另一個搶著接話：「老鼠能夠掙扎，是因為貓喜歡看牠掙扎——」

「所以，你喜歡假扮成狡猾的貓，老鼠先生？」

聲音停頓。車子也停站。我從座椅掙扎著站起身。腳步踉蹌蹭向前車門。八德路就在前方，我已看見轉角處的白色體育館。而且，窗玻璃上方的照後鏡也映出一張熟悉的臉：穿紋格襯衫的跟蹤狂，我竟未發現他在車上。或許，我真的太累了。

「如果要票選今天的 Play of the game，你會用什麼話來形容？」語調變了，又換了個人。「觸擊戰術？虛觸實打？我不知道，因為比賽尚未結束。」終點站到了，我抱緊包包，臉貼手機下車，走向聚集許多年輕人（有活動？是比賽還是演唱會？）的體育場正門，也就是原棒球場右外野後方的位置。

「嗯，『虛觸實打』不錯，但是我更喜歡『探囊取物』。」刺耳的勝利笑聲。「不懂？何不先檢查你的囊中物？」

糟糕！掀開鈕扣式的黑提包，拿出藍布小包——不對！觸感不對，鬆開袋口，赫見一粒粒彈珠般的小圓石。

被調包了？什麼時候發生的事？（其實我擔心的是警方的偵查步調。）這就是他們的「安全上壘」戰術？等等，先別慌，既然歹徒已經得手，為什麼不及時斷線，防阻警方的追查行動？只是為了繼續 play？或者，等著「確認」什麼？

「沒想到吧！我們這次不用丟包，改採調包——『觸』擊和盜『壘』的戰術，當然，你也可以『掉包』，把它當垃圾丟掉。嘿嘿！」說吧！儘量炫耀，時間還不到五點零五分，還有一線生機。「我們的組織成員大到讓你皮皮剉，有主腦捕手，我們是投手，還有內野手、外野手，在捷運上向你下手的是游擊手，他的俗名叫做『剪鈕仔』……」

簡訊鈴聲。嗯？神祕先生又有什麼錦囊妙計？

「所以，你們擺出九子連環的牌型，逢『萬』就胡，一千萬、二千萬、三千萬，你們都贏定了？」

「史家寶，我喜歡你的解牌方式，每一個字都搔得我心癢癢。嗯？你在笑什麼？」

我在笑什麼？「『逢萬就胡』也可解釋為見到萬字就胡鬧胡來，只怕一萬——只怕胡到第五張一萬，那叫做『抓包』。」簡訊先生，你真是我的知音。也許是賽畢的鬆弛，或許是挫敗的無力，我愈笑愈大聲，整個人癱坐在人行道上。

紋格襯衫的男人站在三十公尺外的候車亭，一面講手機，一面打量著我。

「喂！你到底在笑什麼？」「有位朋友教我，記者通常沒神經，如果有，那是神經質；不是神經質，就是神經病，記者守則第九條。我發現我是呆子，你們是瘋子！」「瘋什麼？你等一下——」近距離的窸窣聲響，像是爭執或討論，突然，一聲放大的「什麼？」「喂！史家寶，你居然敢玩陰的，用假鑽騙我們，以為我們沒有驗鑽石的人？你完了，我們解決曾敏以後會再去——啊！糟了！」又是一陣劇烈聲響，像是碰撞、敲擊，也像扭打。訊號斷了。

警方的攻堅行動？我看看手機的時間：五點零二分，來得及嗎？雙手掩面，我疲累不堪地垂下頭顱。

「你放心，事情解決了。」一道兜頭罩頂的人影，竟是那位跟蹤男，他將證件夾攤開，橫在我眼前：「我是刑事警察局的人。很抱歉，我和我的同事帶給你不安和困擾，因為你的……你的……」我點頭表示了解。「所以把你列入重要觀察對象。我也不是故意跟蹤你，其實只想『提醒』你不要做錯事。說巧不巧，去年好幾樁離奇命案，你都正好在現場附近，而我們的監聽手機也被你調換了，不過和今天的事無關！」

「什麼監聽手機？」我搔搔頭。

「去年我們讓史隊長送你的生日禮物……」

啊！原來 smart phone 的「神祕用途」是指這個？既然是被調包，誰把它換走了呢？見我一再搔頭，紋格男尷尬一笑：「總之，nice play，我代表警方向你致謝，其他的事，史隊長會向你說明。」拍拍我肩膀，這位「警方代表」走向馬路邊，鑽進一輛等候已久的黑轎車離開。

原來，我的生日戲碼叫做「鬧雙包」：兩度生日，兩次調包。

迷你小手機響了。「小寶啊！千鈞一髮總算大功告成，的確是在二重疏洪道附近，三名歹徒在那輛 TOYOTA 裡操控一切。我們搜出許多手機和若干證據，他們已經坦承犯案，並供出囚禁曾敏的處所，我們已派人趕往營救。不過很奇怪，他們被捕時的第一句話是問我幾點幾分……」

「幾點幾分？」我緊張地問。

「五點零四分。這三人分別是臉上找不到纖維證據的年緯民，你說得對，『被黑布面罩蒙臉多日，不可能找不到纖維的痕跡』，他說犯案是因積欠黑道賭債，被迫誘出曾敏同遊，再由同夥下手。另兩人是你認識的……」

「小劉和 KENT？」有點失望，也有些不忍。

「對！還有一名在逃首腦。他們供稱那個人才是主謀，一切手法、策略都由『她』擘劃，發動，年緯民剛才哭著說他不想害曾敏，他曾試圖暗示你……」

「記者志玲？」仰頭，穿時越空，覷望春光裡的秋陽畫面：光影斑斕的天母棒球場，影影綽綽的女人伸出友誼的手：「我常來這裡看夕陽喃，因為我喜歡『天母』的意象。你叫什麼名字？我叫做莊惠瑩，我姐姐叫做莊惠玲，但我希望你叫我……」日日夜夜，分分秒秒喚不出的名字，就設定在從來不敢撥出的按鍵2。

最高不可攀的地方。被排除的「新莊」。你叫莊孝維嗎？莊家說了才算數。Take easy，Tag Easy？

「你早就知道了嗎？怡客咖啡店拍到的短髮背影就是她。我記得她原是長髮，是為了偽裝而剪短的吧。」

不知道。當局者迷的是我。希望你們不要逮到她，或者，希望她不是「她」？一行行、一字字的交集：EASY、MOUSE、KENT、KOREA……還有ACE、SHE、BABE……共通的字母，交織的謎團，每個人都在尋找這一生的E級方程式？

E=M．K^2？EASY ＝ MOUSE × KENT × KOREA？EMRICH ＝ MONEY × KIDNAP × KIDNAP？不斷綁票的財富效果？算不清的亂式，不能面對的真相，我還是得問個究竟：

「史伯伯，你們一開始就給我假鑽石？」

「鑽石是真的，只是轉了一手，現在在我手裡，你的包包也在我這裡。因為有人相信你能在緊要時刻投出關鍵一球，才用了這招偷天換日，沒事先告訴你是因為——」

「不用說了，我明白。」我是代替老千上場的呆瓜，明明是偷雞牌，卻誤信為同花大順而橫衝直撞，梭盡所有，卻也嚇壞了對手。「那個餿主意是哪個王八蛋出的？」

「你的生日禮物可能是用蛋做的，你不是一直喜歡吃蛋糕？但請不要說他是王八蛋好嗎？」溫柔磁性的聲音從背後傳來，我回頭，赫！是捷運上那位清秀白皙的男人。他伸手輕拍我的手背，掌心一翻，我的手機忽然就到他手裡。「我們有悄悄話要講，不要給那隻老狗聽到。」那隻手闔上機蓋，在我眼前一晃——咦？手機又憑空消失了。

「你是魔術師嗎？『生日禮物』是什麼意思？」那一瞬間，我好像完全明白，也不生氣了。眼前的男人就是史伯伯「這幾天要去找」的人。而且「雙包」要改為「三包」：光是今天，我至少被調包兩次。

「我就是你的『生日禮物』。我姓張，道上朋友叫我『快手小張』，也有人稱我為『淡水線的……』」

「銀狐！你是銀狐小張叔叔。我很小的時候你來看過我，後來就不見你的蹤影。」我激動地跳了起來，不爭氣的眼淚糊了一臉：「好想，好想吃餅乾。」「餅乾？」「嗯，IS咖啡在賣的椰子鳳梨手工餅乾。」難怪是那種氣味、遙遠童年辨不清也揮不去的氣息。可是……（我的腦海浮現另一具極不搭調又渾似一體的人影）不管了，還是先解難題：「可不可以告訴我，你什麼時候下手的？我的smart phone，也是你偷偷塞進我的口袋？」

笑而不答。瑩潔的齒貝閃現迷人的光輝。他望著「右外野」的方向，輕聲說：「十幾年前我來過這裡，專門針對黃牛下手。」他伸出右手食指、中指，作剪刀狀：「將他們惡性炒高的內野票『轉手』塞給老人、孕婦和行動不便的向隅球迷。」

「幾十年前我逃出這裡，全國高中棒球聯賽的準決賽，預定先發登板的我因怯戰而裝病退場，從此不敢抬頭挺胸走進裡面。也因此見識到進不了場爬上燈架的『蜘蛛人』球迷。」昨天深夜，藍西裝先生指了指體育場邊高聳巨大的夜間燈架，又比比敦化北路的安全島：「好些沒錢買球具的小球迷就在大馬路搶接飛出球場的界外球，有一次發生意外，我親眼看見一位小朋友被大巴士……不說這些了，你叫做什麼名字？……我叫做李中，在旭東集團服務……」

「趕快說啦！是不是在你阻止我按鈕時將手機放回？順便調包？」不對！話一出口我就知道不對。如果是那時放回手機，神祕先生就監聽不到我和歹徒，不，應該說是發自我口中的「安全上壘」內容。不對，時間還要提早。

「你大概不知道今天有多少人跟著你。我只能告訴你，歹徒是在你吃糖時下手的。那個指令是在分散你的注意力。」聲調突然變了：「少年耶！ㄚ嘸走唷？卡細粒咧，行路嘸帶目睭……你的東西落去啊啦！」啊！台中球場、台北車站、天母球場、渾似一體又一分為眾，指掌觸感和氣味殘留的疑惑，無跡可尋的時間差。我還來不及開口，他輕拍我的肩，又摸摸我的手，一個瀟灑轉身：「我得走了，小寶，你很聰明，要好好發揮上天給你的禮物啊！禮物唷！」微笑著一步步走遠，伸手向我揮別——先是左右輕揮，然後五根手指併攏，做出戴著手套接球的動作。我看著他傻笑，啊！啊啊！glove，glove uncle，我不假思索翻摸全身上下，smart phone又「偷偷塞進」夾克左口袋。再掀開黑包，一把抓起藍布小包——觸感也變了，不再是圓石包的粗糙感——鬆開袋口，悉數倒進左手心：滿滿一捧玲瓏、繽紛、美麗似鑽的星星巧克力。

神祕簡訊亦翩翩來訪：「道高一尺，魔高一丈？如果他們運用更厲害的武器——虛擬背景聲的手機，這場比賽就難打了。」

每一通簡訊都留下號碼。（大概也是預付卡之類的，但我不想透露給任何人知道。）神祕先生是希望和我對話？

挑了個花圃石階坐下，我一字一字地按下：「監聽手機在你那裡？你是第一個玩調包的人？你是E先生嗎？E先生是鄭大嗎？」

幾分鐘後，回訊傳來：「我不是『政大』，而是台大畢業的。你對E的看法？」

「Emperor，Evildoer？我不知道。我看過艾勒里·昆恩的小說，今日戲碼，叫做『E的悲劇』？」

「我看是E的『揹劇』——讓E先生揹黑鍋的鬧劇。」

「有機會見你一面嗎？」

「這是挑戰書？還是交手預告？想面對面一戰？就在台北巨蛋見吧。」

「不能只是看球嗎……」

五點四十分，還是獨自一人坐在行人漸稀的石階，像失戀的人苦候情人回信。已經過了十餘分鐘，我知道黃鶴已杳，而今而後，不會再有神祕簡訊了。

但手機還是會響——是鄭大的號碼。「小寶，你在忙什麼？忙完了嗎？要不要來看E、C球團大對決？」仔細聽，敲鑼打鼓鳴笛吶喊的聲音不像是虛擬的。

「我的比賽剛打完，現在正在品嚐曲終人散的蒼涼。」

「你說什麼比賽？比賽終了怎麼會蒼涼？去球場看看，球迷永不散席的熱情，還有，撿拾瓶罐養家活口的老先生、老太太才要開始營生呢！趕快！才打到第三局，你來過天母球場嗎？現在在哪裡？」

「呃……算是去過吧！」我摸摸鼻子，一種無辭以對的難為情：「我在環亞附近。」

「那好，搭285路公車就可以直達球場門口，不必轉車。」真好，不必再「轉車」了。

嘩地一聲球迷歡呼，鄭大的語氣好像也愈見興奮：「我請你看球吃便當，我說過要在球場幫你慶生，雖然不知道你的生日是哪一天。」

「不是生日也可以請我看球慶生啊！」我已經開始跑向公車站牌：「這也算是一種時間差嗎？」

e說寓言之九

「哪一隊的投手最容易身手『不穩』？」

「咦？你還在？我以為你不會再上來和我討論棒球了。」

「不會再上來？我是鬼嗎？我看你也喝醉了，胡言亂語，快說出答案！」

「嗯……L球團。因為他們的投手教練叫做『酒井』光次郎，眾投手很容易『喝醉』。」

「今年共有三支球隊採綠色系，哪一隊最能代表『泛綠』？」

「W球團？他們的隊服顏色最深，是『深綠』的球隊。」

「不對，答案還是L球團。因為他們有位日籍教練一色優——綠一色最優秀的代表。」

「誰是台灣棒球外籍教練的長青樹？」

「曾擔任中華成棒隊客座教練的中本茂樹？」

「錯！是E球團的榊原良行。『茂樹』哪比得上『神木』？而榊原良行效力E球團的時間已長達七年。」

「三一九和三〇九的差別在哪裡？」

「前者是我的生日，後者不是我的生日？」

「錯！再猜一次。」

「〇與一的分別？」

「不對，是〇與二的分別：兩發兩中和兩罰不中。」

「三一九事件的『兩顆子彈』我懂，『兩罰不中』是指什麼？」

「是籃球問題，UBA大專聯賽，三月九日師大、北體之戰，最後〇・三秒落後一分的師大隊得到兩罰逆轉的機會，結果兩罰落空吞敗，也促成北體的一百十五場連勝。」

「我也問一題，棒球比賽的『結局』方式？」

「三人出局，該局結束。」

「會有第四人出局嗎？」

「不會。」

「我倒覺得是『三局決勝負』。」

「怎麼說？」

「出局、入局和格局，會決定一個人的結局。」

「……」

「如果人生可以重來，或者得到延長加賽的機會，你最想做什麼事？」

「我……我想重新走進陽光和綠野，談天，說地，看球。」

【60】

蝴蝶球傳奇　　顏匯增　著

有三個人，以十年的時間，相互議論著「何謂真實?」以及「何謂虛構?」，議論的方式從「芭蕾舞」而試到「太極拳」。這三個人的名字分別是論述，散文，小說。

【98】

校園裡的椰子樹　　鄭清文　著

鄭清文在其作品中，對人、對事都採取他一貫「簡單」描述卻「豐富」呈現的特殊風格。無論是中年失業的一家之主，親人自相殘殺的孤獨女子，身體殘障的大學女講師……，這些看似悲劇色彩濃厚的人物，在作者筆下，總能在沉重的身心煎熬之後，雲破天開，找回自己的尊嚴與定位。

【172】

班會之死　　林雙不　著

多少年輕的心，在聯考之下，糾結得就像是被毛線纏住的大貓咪，扭動著想掙脫些什麼，卻什麼也掙脫不了。然而，無論「一試定江山」的大考在你而言是未來式、現在式，或是過去式——你都將在這裡，發現自己、和戚戚的感動相遇。

【293】

愛，有沒有明天？　　紫石作坊　主編

代號 S 的傳染病，以前所未有的姿態攻堅人類的身心。死亡兵臨城下，無辜的人們此刻在想些什麼?是對情感的不捨? 還是對生命的懺悔或釋懷?「一直以為真愛無敵，直到瘟疫入城的那一天，是我們最軟弱的時刻，也是最莊嚴的紀念。感人肺腑的寫實小說!」張曼娟推薦。

【002】

極限情況　　鄭寶娟 著

揮別抒情時代，生命的戲謔、無奈，令人啞然失笑或不見容於世俗的故事，鄭寶娟一一挑戰。無論是惡疾、死亡、謀殺、背叛，涉獵的主題或重大或繁瑣，思想視域總是逸出主流意識形態，提供對人生瑣事和尋常生活圖景的全新審視角度。

【004】

你道別了嗎？　　林黛嫚 著

●民國94年中山文藝散文創作獎、聯合報讀書人書評推薦

你知道每一次道別都很珍貴，你無法向那些不告而別的人索一句再見，但是，你可以常常問問自己，你道別了嗎？作者在這本散文集中，除了以文字見證生活經驗之外，更企圖透過人稱轉換造成距離感，以及小說化的敘事筆調呈現散文的瀟灑文氣。

【006】

口袋裡的糖果樹　　楊 明 著

美食和愛情有許多相通之處，從挑選材料、掌握火候到搭配，每個步驟都必須謹慎，才能得到滿意的結果。相較於料理可以輕易分辨酸甜苦辣，愛情卻常常曖昧不明。《口袋裡的糖果樹》宛如一道耐人尋味的料理，悠遊在情愛難以捉摸的國度裡，時而甜，時而酸，只有認真品味過的人，才知道箇中滋味。

【007】

荒　言　　吳鈞堯 著

●中國時報開卷書評推薦

當時間緩慢而堅決地自生命的罅隙滲漏流逝，記憶如沙堆疊、崩落、四散。作者將凝放在時空裡的過去，收拾成一篇篇記錄自我生命軌跡的「隻字荒言」，面對著一切的終將消逝，「我們何其淺薄，又何其多情」。唯有在對逝去歲月的眷戀凝視中，才能把告別的哀傷，化為一股持續奮起的力量。

世紀文庫／文學

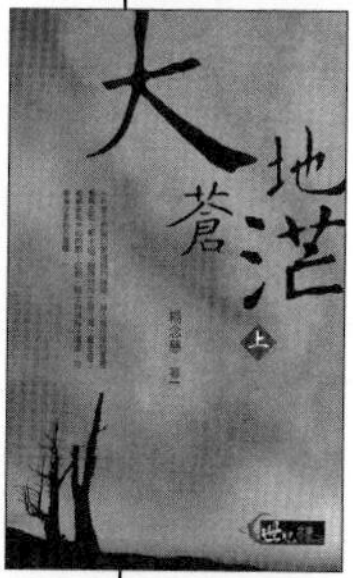

【010】

大地蒼茫（二冊）　　楊念慈　著

睽違二十多年，資深作家楊念慈，繼《黑牛與白蛇》、《廢園舊事》等作品之後，又一部長篇鉅著——《大地蒼茫》終於問世！山東遼闊蒼鬱的故事背景、粗獷樸實的人物性格，在作家的妙筆下栩栩如生。凝神細讀，將不知不覺走入那段驚心動魄的烽火歲月。

【017】

無人的遊樂園　　黃雅歆　著

本書所收錄的篇章，雖然大部分與旅地／旅途相關，但這並不是一本以旅行為主題的書。其中許多和記憶／地域／人事瞬間錯身，所引發的種種火花，在心中留下無可取代的印記，正是歡樂與沉默交錯的、無人的遊樂園。

【018】

台灣平安　　洪素麗　文・圖

《台灣平安》一書的寫作，涵蓋的時間與地域是寬廣的。從大霸尖山的霧林帶到北美的溫帶雨林。從西班牙的陽光海岸到熱帶摩鹿加群島。從孟買的雨季到港都哈瑪星的烏魚季。洪素麗以她充沛的文學與藝術的才情，文圖並茂地標示她的文學藝術文化的無國界觀。

【019】

尋找長安　　張　錯　著

作者懷著「恐後世無傳」的心境，去追尋並重新演繹那些美麗的流逝時光。他從長安出發，踏遍大江南北的名城古都、殷墟墓室、石窟雕繪、名山古寺，展開一系列古典的找尋。文中透過實景實物的描述，不但延伸了閱讀的空間感，更使沉默無語的古蹟器物，流露出比人間言語更純真樸實的精神內涵。

國家圖書館出版品預行編目資料

球謎／張啟疆著.－－初版一刷.－－臺北市：三民，2008 面；　公分.－－(世紀文庫:文學020) ISBN 978-957-14-4940-1 (平裝) 857.7	97001461

© 球　謎

著作人	張啟疆
總策劃	林黛嫚
責任編輯	郭美鈞
美術設計	郭雅萍
發行人	劉振強
發行所	三民書局股份有限公司 地址　臺北市復興北路386號 電話　(02)25006600 郵撥帳號　0009998-5
門市部	(復北店) 臺北市復興北路386號 (重南店) 臺北市重慶南路一段61號
出版日期	初版一刷　2008年2月
編號	S 857120
定價	新臺幣210元

行政院新聞局登記證局版臺業字第〇二〇〇號

ISBN　978-957-14-4940-1　(平裝)

http://www.sanmin.com.tw　三民網路書店